彙編校註綴白裘

第一冊

黃婉儀　編註

臺灣學生書局印行

彙編校註綴白裘

目　次

第一冊

第一階段選收，後未收入十二編合刊本的選齣

第二冊

第二到第四階段十二編合刊本

第一集

第三集

第三冊

第四集

第四冊

第七集

第五冊

第十集

第十二集

第五階段增收選齣

學耕堂改輯系統增收選齣

錢德蒼編《綴白裘》與翻刻、改輯本系譜析論

黃婉儀

　　錢德蒼，字沛思，號慎齋，又號鏡心居士、醉侶山樵、古泉居士，[1]清乾隆年間（?～1774）江蘇長洲人，在蘇州開設「寶仁堂」書坊[2]。

　　乾隆二十八年（1763），錢德蒼萌意編選戲曲舞台型散齣選本《綴白裘》，自乾隆二十九年（1764）至乾隆四十一年（1776），歷經十三年，五個階段，前後選刊五百二十二個散齣，薈羅宏富。

　　《綴白裘》問世之後，大受歡迎，因而有其他書坊翻刻（選齣

1　「沛思」見錢德蒼：〈解人頤序〉，《增訂解人頤廣集》收入周光培編《清代筆記小說》（石家莊：河北教育出版社，1996 年），序頁 2 上。

「慎齋」見錢德蒼編《增訂解人頤廣集》，目錄頁 1 上。

「鏡心居士」見錢德蒼：〈求作綴白裘序啟〉，《綴白裘新集八編》（北京：首都圖書館藏乾隆三十六年寶仁堂本），序頁 1 上。

「醉侶山樵」見清・葉宗寶：〈綴白裘六集序〉，《綴白裘新集六編》（臺北：臺灣大學圖書館藏乾隆三十五年寶仁堂本），序頁 2 上。

「古泉居士」見清・待化老人劉赤江：〈續綴白裘新曲九種序〉，《新調九種曲》（北京：中國藝術研究院圖書館藏咸豐元年青蓮堂本），序頁 1 上。

2　一名「寶仁書屋」，曾於乾隆二十六年（1761）增訂出版諧謔詩文選《增訂解人頤廣集》等。

不變），或者在其基礎上改輯（選齣有變動），這本書是戲曲史上版本最多、系譜最複雜的選本。

從出版形式分類，《綴白裘》與翻刻、改輯本可分為兩類。第一類是雕版印行者，包括寶仁堂系統、鴻文堂翻刻系統、四教堂與集古堂共賞齋系統、學耕堂改輯系統。第二類是就已刊印之書冊或書頁拼組者，有合綴本系統、重組本系統。

綜之，其版本有六系：

一、金閶（蘇州）寶仁堂系統

二、武林（杭州）鴻文堂翻刻系統

三、四教堂與集古堂共賞齋系統

四、金閶學耕堂改輯系統

五、合綴本系統

六、重組本系統

以下縷述六系統之刊行背景、刊行版本、版本特徵、選齣選文異動情況、異動原因，以及海內外庋藏情形等。

一、金閶寶仁堂系統

錢德蒼編刊《綴白裘》前後歷經十三年，可分為初刊、重鐫合刊、延續選刊、重訂補刊、抽換改刊五個階段。

（一）初刊階段

第一階段是乾隆二十九年至乾隆三十三年（1768），出版五個單行本與一個合刊本。

戲曲演出現場豐彤多彩，選刊哪些劇目，取決於編輯的出版動

機。有幾條資料提到了錢德蒼的動機：

1.乾隆二十九年李克明〈綴白裘新集序〉云：「玩花主人所編《綴白裘》，廣蒐博採，羅如綺繡，非僅悅人心目，深可醒豁後起，豈與艷史淫詞、踊人蕩檢者同例語也！第其中去取損益，猶未盡美。乾隆癸未（二十八年）夏，有錢子沛思，刪繁補漏，循其舊而復綴其新，欲證當世之知音者。」

2.乾隆二十九年李宸〈綴白裘二集序〉云：「玩花主人編《綴白裘集》，彙已往之傳奇，悅世人之心目，意取百狐之腋，聚而成裘，咸歡置人於春風和靄中矣！第玉顯珠埋，漏遺可惜。寶仁主人步武前哲，續出新奇，名曰《二集》。披覽之，殊覺後來者之勝於先者多矣，今而後可以謂《白裘》全璧。」

3.乾隆三十三年沈瀠〈綴白裘五集序〉云：「名存其舊，會善歌之繼聲；意取乎新，獲知音之嗣響。」

4.乾隆三十五年（1770）程大衡〈新鐫綴白裘合集序〉云：「玩月主人[3]向集《綴白裘》，錢子德蒼搜採復增輯，一而二，二而三，今則廣為六」、「擷翠尋芳，彙成全璧」。

在錢德蒼之前，有位「玩花主人」，曾選刊名為「綴白裘」的戲曲選本，據說這本書的選齣「廣蒐博採，羅如綺繡」，內容「悅

---

[3]　「玩月主人」應是程大衡筆誤，正確的名號應是「玩花主人」。判定的理由有三：一、李克明〈綴白裘新集序〉作「玩花主人」，李克明這篇序撰於錢德蒼的寶仁書屋，過去曾經有「玩花主人」選刊戲曲選本《綴白裘》一事，當為李克明聞自錢德蒼的第一手訊息，正確度較高。二、李宸〈綴白裘二集序〉、劉赤江〈續綴白裘新曲九種序〉均作「玩花主人」。三、四教堂與集古堂共賞齋系統的本子，除了錯誤百出的道光三年共賞齋巾箱本外，均作「玩花主人」。

人心目，深可醒豁後起」、「置人於春風和靄中矣」。不過其選齣
雖夥，還是遺漏了某些舞台精品、藝術佳作（「去取損益，猶未盡
美」、「玉顯珠埋，漏遺可惜」）。隨著時間的推移，新的劇作不
斷產生，新的劇碼不斷搬上舞台，對錢德蒼這個時代的觀眾來說，
前代的選本蒐羅再多，有些選齣畢竟已經褪流行了，而新的劇作劇
碼卻沒有選本可供參考，實在有必要「刪繁補漏，循其舊而復綴其
新」、「續出新奇」、「搜採復增輯」。這樣的背景與市場需求，
促使錢德蒼編選反映當時劇壇流行的新選本。明末起，有多種戲曲
選本用《左傳》、《慎子》典故，以「綴白裘」為書名，取「集眾
美於一帙」之意，[4]錢德蒼也用它作為書名。

---

[4]　明末有玩花主人《綴白裘》、醒齋《白裘》、洞庭蕭士《綴白裘三集》、
　　鬱岡樵隱輯《新鐫綴白裘合選》；清初有閑正堂《綴白裘全集》、石渠閣
　　主人《綴白裘全集》與《續綴白裘》正續集；清乾隆年間有錢德蒼《綴白
　　裘》；清中葉後，有待化老人《續綴白裘新曲九種》、鍾駿文《新綴白裘
　　第一集》。這些以「綴白裘」為名的選本各自獨立，彼此無關。唯石渠閣
　　主人的那兩本的序文係抄襲剜改閑正堂本，剜改處有三：一是作序的時
　　間，由「康熙歲次甲戌」剜改為「雍正歲次甲辰」。二是編者，由「玩玉
　　樓主人」剜改為「石渠閣主人」。三是舉例提到的劇名，由「一捧雪錄其
　　義」剜改為「金丸記錄其義」。
　　補充說明，錢德蒼編的選本與玩花主人無關，可惜從撰寫〈綴白裘二集
　　序〉的李辰到現今研究者，有不少人誤以為《綴白裘》是玩花主人編纂在
　　前，錢德蒼繼承其基礎續編——這是不對的。吳新雷教授早在 1983 年就
　　指出：「這是一種極大的誤解」、「玩花主人與錢德蒼是各編各的，不是
　　一回事」。見吳新雷：〈《綴白裘》的來龍去脈〉，《南京大學學報》
　　1983 年第三期，頁 36-43；此文後來改題目並加附記，〈舞台演出本選集
　　《綴白裘》的來龍去脈〉，《吳新雷崑曲論集》（臺北：國家出版社，
　　2009 年），頁 236-262。

　　錢德蒼寶仁堂第一階段刊行編年是：

　　‧乾隆二十九年春出版《時興雅調綴白裘新集初編》，含陽、春、白、雪四集（卷，以下同），書首有李克明〈綴白裘新集序〉，序後有各集目錄。本編存，藏地不明，影本見臺灣學生書局《善本戲曲叢刊》第五輯之《綴白裘‧附錄》。

　　‧乾隆二十九年出版《時興雅調綴白裘新集二編》，含坐、花、醉、月四集，書首有李宸〈綴白裘二集序〉。

　　‧乾隆三十一年春出版《時興雅調綴白裘新集三編》，含妙、舞、輕、歌四集，書首有許仁緒〈綴白裘三集序〉。

　　‧乾隆三十一年春出版《時興雅調綴白裘新集四編》，含共、樂、昇、平四集，書首有陸伯焜[5]〈綴白裘四集序〉。[6]

5　《嘉慶松江府志》載：陸伯焜，字仲輝。《光緒青浦縣志》載：陸伯焜，字重暉。陸氏為江蘇青浦人，乾隆三十八年（1773）東巡召試欽賜舉人，乾隆四十五年（1780）進士，改庶吉士授編修。曾任江西按察使、浙江按察使。善詞賦，有《玉筍山房詩鈔》。《嘉慶松江府志》卷六十、《光緒青浦縣志》卷十九有傳。見：清‧孫星衍、莫晉纂、宋如林修《嘉慶松江府志》（南京：江蘇古籍出版社，1991 年），下冊，頁 418。清‧熊其英、邱式金纂、江祖綬修：《光緒青浦縣志》（南京：江蘇古籍出版社，1991 年），頁 327。

　　陸伯焜於乾隆四十七年（1782）左右擔任四庫全書纂修官，工作是覆核應抽燬的違禁書籍，見中國第一歷史檔案館編：《纂修四庫全書檔案》（上海：上海古籍出版社，1997 年），第八六五篇，頁 1551。也就是在這段期間，他早年為之撰寫序文的錢編《綴白裘》面臨被官方飭查、竄改的命運。

6　以上《二編》《三編》《四編》單行本傳本下落待訪。刊行年、書名、集名見（杜）穎陶：〈談綴白裘〉，《劇學月刊》第三卷第七期（1934 年 7 月），頁 124-127。又見吳新雷：〈舞台演出本選集《綴白裘》的來

‧乾隆三十二年（1767）春出版《時興雅調綴白裘新集》初編、二編、三編、四編的合刊本，內封刊年作「乾隆三十二年春鐫」。序文及其後各集目錄同前述四編。筆者知見一部。[7]

‧乾隆三十三年刊第五編。杜穎陶先生曾看過此編，可惜他看到的本子書況不佳，未記下書的名稱、選目。[8]因乾隆三十五年六編合刊本中的第五編書首有沈瀛〈綴白裘五集序〉，署「乾隆戊子（三十三年）仲夏朗亭沈瀛書於綠蔭草堂」，該序原當冠於此編書首。

這幾個本子可以清楚看出錢德蒼的《綴白裘》與前此的舞台型散齣選本不同。敻異之處有二，一是別出心裁的編排體例，二是貼近當代舞台的甄擇視野。

1.別出心裁的編排體例

其編排體例乃是「仿擬演出流程」。

戲曲散齣選本分為舞台型散齣選本、文選型散齣選本以及複合型選本三類型。[9]後二者的編排體例一概是「以劇為序」，而舞台

龍去脈〉《吳新雷崑曲論集》（臺北：國家出版社，2009 年），頁 251-257。

[7]　杜穎陶舊藏，歸中國藝術研究院圖書館。

[8]　（杜）穎陶〈談綴白裘〉，頁 127。

[9]　「文選型散齣選本」有《萬瑝清音》、《玄雪譜》、《新鐫歌林拾翠》、鬱岡樵隱輯《新鐫綴白裘合選》、《萬錦清音》、《方來館合選古今傳奇萬錦清音》、《萬錦嬌麗》、《續綴白裘新曲九種》、《新綴白裘第一集》等，請參考黃婉儀：〈《新鐫歌林拾翠》考述——兼論文選型散齣選本〉，臺灣大學《戲劇研究》第 15 期（2015 年 1 月），頁 12-32。「複合型選本」有《怡春錦》、《纏頭百練二集》、《綴白裘三集》等，黃婉儀：〈洞庭蕭士選輯《綴白裘三集》考述——兼論戲曲複合型

型散齣選本的編排體例則有「散亂無序」、「以劇為序」、「依主題歸類」、「配合演出慣例」、「仿擬演出流程」五種。

　　早期是「散亂無序」，同一劇作的選齣分散在不同卷，前後次序雜亂，沒有按照原作劇情先後排列，如明萬曆中期的《樂府萬象新》、《玉谷新簧》、《大明春》等。**10**

　　明萬曆後期，編排體例逐漸採用整飭的「以劇為序」，同一劇作的選齣按照劇情先後集中在同一卷，條理分明便於閱覽，同時也呼應「串本」的演法。如明天啟、崇禎年間《醉怡情》，入清後的《歌林拾翠》、《崑弋雅調》等。

　　編排體例由散亂漸趨整飭，是戲曲出版品在競爭激烈的商業市場中自然而然的進化，不足為奇。然而舞台型散齣選本與其他戲曲出版品最大的不同，在於它與演出的高度關聯，此一特質促使它發展出功能性、實用性編排體例，因而出現了「依主題歸類」、「配合演出慣例」、「仿擬演出流程」等體例。

　　「依主題歸類」如《樂府紅珊》，根據選齣的主題分為慶壽、分別、思憶、遊賞等十六類，一卷一類，方便讀者觀眾根據場合需

選本〉，未發表。

10 編排體例散亂無序的選本經常被批評為草率粗劣，事實並不一定如此。之所以散亂無序是有原因的。一，該選本是「系列出版」，一次只出版一部分，分作兩次、三次系列刊行，由於耳熟能詳長期盛演的劇作每次都得選收若干齣，才能持續吸引消費者，同一劇作的選齣出現在不同卷，全系列合起來看，遂覺散亂，《玉谷新簧》、《八能奏錦》就是這樣的情形。二，受到部分詩、散文選集分成前後集、上下集、內外集的影響，將全書分成兩部分，均視之為獨立個體，跟前述情況相同，長期盛演的劇作每個獨立的部分都收幾齣，全書合看遂覺散亂無序，《樂府萬象新》就是這種情形。

要選演；從「被動記錄舞台劇碼」提升到「主動提供觀演選擇」。

　　「配合演出慣例」是選本的首齣、末齣或首末二齣，刊印祝壽、團圓、合婚之類的喜慶戲，配合戲曲開演或結束前演喜慶戲的慣例，如《樂府菁華》、《摘錦奇音》。

　　錢德蒼《綴白裘》的編排體例別出心裁，乃是仿擬戲曲演出的流程：

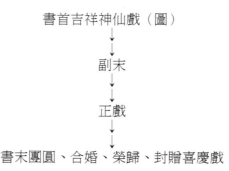

傳統戲曲的演出流程，一開始通常是祈福祝禱性質的吉祥神仙戲，《綴白裘》最早的乾隆二十九年《初編》第一齣就是吉祥神仙戲〈八仙上壽〉，八仙、仙女同場唱曲，為王母祝壽。《二編》第一齣〈賜福〉也是，福德星君統領壽星、牛郎、織女、張仙、財神、魁星等，賜福予福主。乾隆三十九年（1774）的《綴白裘外編十一集》書首也是吉祥神仙戲〈堆仙〉，王母與八仙同場唱曲，獻桃祝壽。除了這三編外，其他各編書首用插圖來代表吉祥神仙戲，如加官、招財、張仙、魁星、雙加官、雙招財[11]等。對演員來說，

11　雙加官、雙招財用在「文武合班」的《六編》以及《八編》，後來的改輯本沒有注意到這個細節。

這些圖可作為搬演的參考；對讀者而言，這些圖召喚既有的視聽經驗，喚起「戲開演了」的立體想像。

吉祥神仙戲（圖）之後是「副末」，由副末率先出場，唱唸一闋詞。《綴白裘》的「副末」都沒有標詞牌名，僅少數依律填寫，嚴格來講僅是長短句唱段。[12] 可能在演出現場，副末可以隨意拈取更改，靈活運用。

其後是「交過排場」：副末向觀眾簡單交代說明演出劇碼、場面安排及關目設計，或者說些討喜的話，[13] 與觀眾交流。

其後是正戲，也就是一個又一個的選齣，其末齣必為團圓、合婚、榮歸、封贈之類的喜慶戲，和演出慣例一樣。

綜之，各編自始至終看下來，宛如觀賞一場演出，在二維平面書頁上，啟動三維空間的演劇立體想像，涵攝四維時間的演出流程。歷來的舞台型散齣選本，僅錢德蒼《綴白裘》有如此細緻立體、別出心裁的體例。

此一體例，鴻文堂翻刻系統、四教堂與集古堂共賞齋系統、學耕堂改輯系統、合綴本系統均依循規倣，只有重組本系統不同。

2.貼近當代舞台的甄擇視野

可由三個面向理解：一，選刊當代流行的劇碼。二，更新標目。三，選錄地方戲。

12　有三則副末可以找到出處：《二編》「一曲清歌酒一巡」出自《香囊記》第一齣〈家門〉【鷓鴣天】。《五編》「一段新奇故事」出自《赤水屑評本荊釵記》第一齣〈家門〉【臨江仙】。《七編》「世態有常有變」出自富春堂本《韓信千金記》第一折〈引場〉【滿庭芳】。

13　周翬平：〈談《綴白裘》的副末開場〉，《藝術百家》1997 年第二期，頁 88-89。

　　明中葉之後，時見民間書坊出版舞台型散齣選本，其利基在於不同時期有不同的流行劇碼，選刊流行劇碼以滿足觀眾讀者的需求，有一定的銷售市場。錢德蒼在一開始的這個階段，選了許多過去舞台型散齣選本未曾出現的劇碼。初到四編就有《水滸記・劉唐》、《義俠記》的〈顯魂〉〈殺嫂〉、《漁家樂》的〈做親〉〈賞端陽〉〈藏舟〉、《雙珠記・天打》、《倒精忠》的〈刺字〉〈草地〉〈敗金〉〈獻金橋〉等四十六齣，比例超過兩成。

　　乾隆時期某些散齣的標目已然與前代不同，理所當然，錢德蒼採用了當時的標目。如《一捧雪》第十四齣〈出塞〉，劇譜戚繼光出塞途中行經薊州地面，鞫審案情，知金蘭好友莫懷古一案實屬冤屈。戚繼光千思百慮，無計拯救，莫懷古之僕莫誠願代主捐軀，主僕二人在獄中緊急調換冠戴衣著。之前選收這齣的選本如《醉怡情》，標目從原著，作〈出塞〉，但這個名稱易與膾炙人口的〈昭君出塞〉混淆，也無法傳達情節、主題，所以更新作〈換監〉——不一定是錢德蒼改的，更有可能是當時梨園的用法。又如《精忠記・寫本》，劇譜秦檜欲啟大獄，特於燈下書寫表章。標目易與長期盛演的《鳴鳳記・寫本》混淆，更新作《精忠記・秦本》。又如《金雀記》第二十八齣〈臨任〉，劇譜井文鸞假裝吃醋，質問夫婿定情信物的下落。之前的選本均從原作劇本標目，但是「臨任」二字實在無法讓人明白情節、主題，所以更新作〈喬醋〉，一目瞭然。另外，《燕子箋・奸遁》作〈狗洞〉，《獅吼記》的〈奇妒〉、〈諫柳〉作〈梳妝〉、〈跪池〉，都與之前的選本不同。這些標目隨著《綴白裘》的長期、廣泛傳播，成為此後崑劇觀眾耳熟能詳的不二代稱。

　　錢德蒼曾遊歷燕、趙、齊、楚各地，又長年流連於酒旗歌扇之

場，[14]對當時地方戲崛昇的生態變化有著敏銳的感知；《綴白裘》是最早選刊地方戲的舞台型散齣選本。本階段除第五編選收劇目不詳外，其他各編均有地方戲：《初編》有梆子腔〈殺貨〉〈打店〉；《二編》有時調雜齣〈小妹子〉、梆子腔〈宿關〉、雜齣〈拾金〉；《三編》有西秦腔〈搬場〉〈拐妻〉、梆子腔〈花鼓〉；《四編》有梆子腔〈探親〉〈相罵〉。[15]本階段一編當中選收幾齣地方戲，可以說只是小嘗試，到了第二、三階段，出版「文武合班」用的選本（詳下），選刊劇情較長、多段貫串的劇碼，如演岳飛楊么事的〈安營〉〈點將〉〈水戰〉〈擒么〉，演燕青打擂臺的〈繳令〉〈遣將〉〈下山〉〈擂臺〉〈大戰〉〈回山〉。到了第四階段，因應地方戲越來越受歡迎的趨勢，錢德蒼作了突破性的決策——出版地方戲專輯《外編十一集》。

（二）重鐫合刊階段

乾隆三十五年，錢德蒼以第一階段的選齣為基礎，修改文字與內容，重新鐫刻，出版「六編合刊本」，書名簡化作《綴白裘新集合編》，是為第二階段。

14　許永昌：〈綴白裘八集序〉，《綴白裘新集八編》（北京：中國國家圖書館藏乾隆四十七年學耕堂本），序頁 1 上。

15　補充說明，第一階段版的《初編》以及四編合刊本都有〈思凡〉與〈下山〉，兩齣相連，合題《孽海記》，但目錄、標題、版心均未見「梆子腔」字樣，所以暫不計入地方戲選齣。〈思凡〉與〈下山〉在第二階段拆分：〈思凡〉經過改編，加了羅漢、觀音、善財、龍女、韋馱，觀音唱【新水令】，又加「堆羅漢」表演，集目錄題「梆子腔」，刊於《六編・樂集》；〈下山〉集目錄仍題《孽海記》，刊於《七編・慶集》。

第一階段的本子吸引了梨園界採用，作為演出的參考，相關記載有二：

1.乾隆三十一年陸伯焜〈綴白裘四集序〉云：「錢子復輯《綴白裘四集》，新聲逸調，不特梨園樂部奉為指南，抑亦鼓吹休明，激揚風俗之一助也。」陸伯焜這段話是第二階段之前寫的。

2.乾隆三十六年（1771）朱祿建〈綴白裘七集序〉云：「今君每歲輯《白裘》一冊，已成六編。其間節奏高下，鬥笋緩急，腳色勞逸，誠有深得乎場上之痛癢者！故每一集出，彼梨園中無不奉為指南。」朱祿建段話是第二階段之後寫的。

陸伯焜簡略地描述第一階段的本子「梨園樂部奉為指南」，但未說明此書優越之處。朱祿建回溯本階段，說明它掌握了旋律聲情的配置，情節的推進節奏，以及任演腳色的勞力調度，因而吸引梨園界競相採用。

朱祿建說明的這些優點，並非一蹴而及，不是第一階段一開始就有的，事實上，錢德蒼的《綴白裘》經過了大刀闊斧的改造，藝術水平才大幅提升，由駁而醇。

仔細比對，會發現第一階段有些選齣是摘鈔劇作而非錄自舞台演出，如《一捧雪‧搜杯》、《鳴鳳記‧嚴壽》、《紅梨記》的〈踏月〉〈窺醉〉、《白兔記‧出獵》、《繡襦記‧墜鞭》；墨本沒有轉成台本。還有些是從前代的選本抄錄來的，如《千金記‧十面》、《連環記‧拜月》、《幽閨記‧野逢》、《邯鄲夢‧打番兒》、《西樓記‧錯夢》，抄錄百二十多年前的《醉怡情》，內容、演法早已過時。整體而言，第一階段沒有完全脫離書面劇作，與場上演出有距離，還不算是順暢合理的台本，因此錢德蒼大費周章，重新採錄修編，重新鑴梓。

　　採錄修編，呈現順暢合理的台本；重新鐫梓，一則提高實用性，方便劇團運用，二則提高輕便性，方便讀者手持翻閱。

1.修改內容，與演出同步合拍

　　第一階段的文字與內容有以下情形：一、應工行當標示不全面、不精準或不合劇場慣例。二、賓白與科介粗略。三、首曲迻錄劇作的曲牌名及全曲曲文，不實用。四、有下場詩而無下場式；下場詩未融入下場式，生硬呆板。五、蘇白沒有統一用記音字。[16]這樣的情形下，讀者閱讀可知演述內容，但演員想要據以搬演稍有困難。

　　順暢合理的台本須與演出相侔：腳色分配同劇團編制與應工慣例；賓白與科介指示清楚細緻；引子與下場式如實呈現場上演出的改變等。讀者閱讀可知演述內容，演員可順暢搬演。

　　第二階段，錢德蒼大力採錄修編，改造成與演出相侔的台本，茲舉二例以明其詳。

　　《牧羊記·小逼》，劇譜衛律說降蘇武，淨扮衛律，生扮蘇武。開場分別是：

第一階段版	第二階段版
（淨上） 全憑三寸舌，打動外來人，若得他心肯，同為胡地臣。自家奉百花元帥鈞旨，著我說化南朝使臣	（丑、末、小生、付、引淨上） 【引】欲說忠良為不義，片言且作投機。 全憑三寸舌，打動故鄉人，若得

16　如「你」沒有統一以「唔」記音表達，「沒」未統一作「嘿」，「上」未統一作「浪」，「囉個」作「六個」易造成誤解。

蘇武。小番，蘇相在哪裡安歇？（雜）在金亭館驛。（淨）帶馬過來。

【駐馬聽】馬兒驕，蹀躞雙蹄，前跳後跳。一鞭不怕路途遙，來探故人消耗。

通報去。（雜）蘇相有請。（生上）

【虞美人】南風布暖歸邊地，不憚勞千里。

（雜）啟蘇相：丁大王相訪。（生）哪個什麼丁大王？（雜）也是爺那邊來的。（生）我那邊沒有什麼丁大王呢！（見介）小番只管講什麼丁大王、丁大王嘎，原來說是衛相。（淨）蘇相，小番不知事，竟說衛律就是了。

他心肯，同為胡地人。自家衛律，昨奉百花元帥鈞旨，著我說化南朝使臣蘇武降順北國，與他做個大大的頭目。小番，蘇相的行館在哪裡？（眾）在金亭館驛。（淨）帶馬。（眾應）
（合）

【駐馬聽】馬兒嬌，蹀躞雙蹄，前跳後跳。一鞭不怕路途遙，來探故人消耗。

（丑）蘇相有請。（生上）

【引】南風布暖歸邊地，不憚勞千里。

（丑）小番把酥。（生）哪裡差來的？（丑）丁大王拜訪。（生）哪個什麼丁大王？（丑）也是爺那裡來的。（生）我那裡沒有什麼姓丁的在此吓……（丑）爺出去便知。（生）說我出來。（丑）蘇相出迎。（生）吓，是哪一位吓？（淨）吓，蘇相，違教了吓。（生看，各笑介）那小番只管說是丁大王，我道是誰，原來是衛相。（淨）豈敢豈敢。那小番不會講話，什麼

	丁大王，竟說是衛律罷了。（生）豈敢。（淨）迴避了。（眾應下）

　　改編後的第二階段新版，人、事、行動變得清楚明晰：淨扮的衛律帶著丑、末、小生、付四個隨從，淨為主，發號施令；丑為副，穿針引線，淨丑搭配，腳色主從符合應工慣例。新版衛律上場先打引子，自報家門——舊版衛律竟然未向觀眾報姓名——並道出此行目的是說降蘇武，方法是誘之以利（與他做個大大的頭目）；一開場就讓觀眾了解這齣戲的衝突點設定在哪裡。舊版【駐馬聽】由衛律獨唱，新版改為同場齊唱，行路情節同場齊唱才是表演慣例。舊版【虞美人】兩句其實就是蘇武上場的引子，新版改作【引】，演員一看，清楚明瞭。

　　舊版小番、蘇武、衛律三人的行動稍不合宜，小番見了蘇武沒有行禮請安；蘇武沒有小番的邀請語（爺出去便知）、通報語（蘇相出迎），自身亦未示令（說我出來）就跑出來接見客人；兩位老同鄉見面，衛律第一時間沒有禮貌語（蘇相，違教了）……戲曲演出少了這些禮儀細節，場面會很乾，新版將這些無款無範的缺點彌補起來。新版接下來的科介指示「生看，各笑介」表現異地逢故人的欣喜，自然合宜，有其必要。接下來蘇武怨怪小番的對答，衛律開口先謙道「豈敢豈敢」也比較符合人物身分。最後，講體己話或是勸降，都不好當著小兵的面，新版「（淨）迴避了。（眾應下）」的安排相當合理，聚焦兩人接下來的私密對話，在場面調度上顯得高明。

　　《牧羊記・望鄉》劇譜李陵說降蘇武，生扮蘇武，小生扮李

陵。下場式分別是：

第一階段版	第二階段版
【前腔】為人在世，當為君親守節。是若見利忘恩，肯與盜賊無別？兄弟你教我順羶羯，我寧甘殞絕。我的意已竭，和你從此別。我和你相交半世，難道不知我的性情麼？我若是貪圖榮貴，哪肯餐羶嚙雪？ （小生）哥哥，你鐵石心腸不改移，含悲灑淚枉嗟吁。（生）兄弟阿！一片赤心難盡說，空中惟有老天知。（小生）小弟告別了，哥哥。（生）李陵，你今後再不許來了。（小生）小弟不時來看哥哥。（生）哎！若再來，我一劍揮為兩段！（小生）羞死李陵也！（下）	【前腔】李陵，為人臣子，當為君親守節。我若是見利忘恩，肯與那盜賊無別？李陵，你教我去順羶羯，我寧甘殞絕。我的意已決，和你從此別。李陵，我和你相交半世，豈不曉得我的性兒麼？我若貪圖榮貴，怎肯餐羶嚙雪？ （小生）小弟告別了，哥哥請自保重。你鐵石……咳！心腸不改移，含悲灑淚枉嗟吁。（生）一片赤心難盡說，哪！空中惟有老天知。李陵，你今後休來看我。（小生）自然還要來看哥哥。（生）吓，你若再來，我就一劍砍為兩段。沒廉恥，還不走，虧你羞也不羞？（生下）（小生）咳，羞死我也！（下）

　　新版兩次在曲中加帶白，直接稱名道姓，後面的賓白刪掉「兄弟阿」，這些細微的變動不但可引起觀眾注意，也較能呈現兩人立場之歧異與心理之距離。其次，新版告別語中融入四句下場詩，較

舊版唸完下場詩才告別來得自然。再次，新版增加語氣詞「哪！」（nuó），暗示以手指天的科介，活化舞台氣氛。復次，末尾加蘇武詈罵語「沒廉恥，還不走，虧你羞也不羞？」才能合理地引出李陵「咳，羞死我也！」的反應。舊版蘇武沒罵人，只說再來勸降的話要動手，戲劇力道不夠。

　　以上二例可知，第二階段新版變得合理、細膩、順暢，與舞台演出相伴，可供演員照樣搬演。

2.調整篇幅、修改物質細節

　　配合使用者的需求與習慣，才能佔有市場優勢。本階段改變有二，一是調整單集選齣數量，二是改變版面行款與選齣開始的位置。

　　第一階段各集選齣數量有很大的差距：

編次	初編				二編				三編				四編			
集名	陽	春	白	雪	坐	花	醉	月	妙	舞	清	歌	共	樂	昇	平
齣數	18	18	18	19	17	20	16	17	11	9	11	10	11	9	10	9

　　《初編》與《二編》單集少則十六齣，多則二十齣，平均將近十八齣；到了《三編》《四編》，單集數量突然大幅減少，平均一集只有十齣，縮減了百分之四十五，將近一半。多數學者認為，當時戲班參考《綴白裘》「摘演單齣」時，是從不同集抽選若干齣來演，也就是「跨集選演」，但是顏長珂先生有不同的揣想，他認為「一集」恰可供「一台戲」演出，書中這些劇碼的搭配組織，都是符合當時劇場情況、演出實際的，因此在《綴白裘》中，同一劇作

的零折散見於不同集，而非集中在一起。[17]筆者認為這是很值得重視的觀點，至少在第一、第二階段是如此。前引朱祿建的〈綴白裘七集序〉很能說到點上，他指出《綴白裘》的優點之一是「脚色勞逸，誠有深得乎場上之痛癢者」。如果當時戲班是「跨集選演」，則脚色勞逸與否端視戲班如何主導安排，與《綴白裘》高不高明無關；如果當時一台戲是參考《綴白裘》一集的順序演，此書善於擘劃、能均勞逸的優點就凸顯出來了。顏長珂先生的說法還可以順利解釋《三編》《四編》單集選齣數量因何大幅減少──出版了兩編之後，錢德蒼意識到演出的實際情況，一台戲不至於到十八齣那麼多，故而大幅減少一集的選齣數量。到了第二階段，一集數量平均在十一齣左右，[18]以配合戲班的需求。

　　本階段重新鐫刻調整了版面行款，字體變大版面疏朗以利閱讀，單冊頁數減少以便輕鬆手持，調整之後便利性大為提昇。[19]

　　重新鐫刻還改變了選齣的起始位置。上階段，一個選齣從書頁的哪裡開始，有兩種情形，若某齣為該劇入選本集的第一齣，則從書頁之首行起；若否，而是與前選齣相連，則從前齣終止處的次行開始。如《初編・雪集》選《永團圓》的〈看會〉〈逼離〉〈擊

17　顏長珂：〈讀《再定文武合班綴白裘八編》書後〉，《中華戲曲》第四輯（太原：山西人民大出版社，1987 年），頁 75-76。

18　每集約六十頁左右，每齣約五到七頁之間。崑腔選齣較長，平均近七頁；蘇州派劇作與地方戲劇情較緊湊，一齣時間較短，篇幅短，平均約只五頁，故選錄地方戲較多的《樂集》、《昇集》、《平集》齣數略多些。

19　寶仁堂第一階段板框高廣是 17×10.5cm。行款是：半頁九行，行二十二字，曲文單行大字，賓白、科介、脚色雙行小字。小字密集，閱讀吃力。第二階段板框高廣是 16.5×10.3cm。行款是：半頁九行，行二十字，曲文單行大字，賓白、科介、脚色單行小字。

鼓〉〈堂婚〉四齣，〈看會〉為該劇入選這一集的首齣，從《雪集》頁四十四第一行開始，到頁四十六下半頁第六行結束，第七行緊接著〈逼離〉；〈逼離〉到頁五十上半頁第八行結束，第九行緊接著〈擊鼓〉；〈擊鼓〉到頁五十三上半頁第一行結束，第二行緊接著〈堂婚〉。這種形式缺點甚明：一，若要增選同一劇作新選齣，且此新選齣劇情的次序在原選諸齣之間，無法插入。如《永團圓》後來在〈擊鼓〉與〈堂婚〉之間增選〈賓館〉〈計代〉兩齣，若依這種方式，後來增選的〈賓館〉〈計代〉就得放到其他集。二，若欲棄選一劇連續選齣中的某幾齣，刪除不易。如第一階段《初編·雪集》選《義俠記》的〈挑簾〉〈做衣〉〈顯魂〉〈殺嫂〉四齣，〈做衣〉到該頁下半頁第一行止，〈顯魂〉緊接著從第二行起，〈顯魂〉〈殺嫂〉後來棄選，如果不改變這種形式，要刪除得費一番功夫。第二階段起，錢德蒼改變選齣的起始位置，不論劇情相連與否，選齣一律從書頁的第一行開始。如此一來，一齣一齣各自獨立，可增、可刪、可重組，靈活有彈性，無意中創造了後來的組合本以及某些合綴本誕生的條件。*20*

　　六編合刊本比之前階段的本子稍有不同，變動如下：

---

20 特別說明，有兩種情形選齣還是相連的。一是「分段標目」，一齣分作若干個情節段落，各段都有標目，不管分為幾段還是同一個整體，算作一齣，所以首段從書頁的第一行開始，而次段、三段等則緊接著前段。如《雙珠記》的〈訴情〉〈殺克〉出自《雙珠記》第十三齣〈劍擊淫邪〉，根據場次段落分成兩段各自標目，但還是相連。

第二種情形，原作劇本雖然分屬兩齣，但由於舞台演出經常連演，於是就當成一個整體來看待，前齣首段從書頁之首行起鐫，而後齣緊接其後，不另從下頁首行起，如《牡丹亭》的〈拾畫〉與〈叫畫〉。

　　1.變更集名：錢德蒼棄用第一階段娛樂感較強的集名（如陽春白雪、坐花醉月），改用歌頌昇平的字眼（如風調雨順、海宴河澄、共樂昇平），此後延續這種風格。集名披上歌頌昇平的外衣，或是有感於官方對「淫詞曲本」不友善所作的調整。

　　2.新增總內封，款式與各編內封不同。總內封右至左：乾隆三十五年校訂重鐫／綴白裘新集合編／二十四集集名／金閶寶仁堂梓行。各編內封：欄上「乾隆三十五年春鐫」，右欄小字「時興雅調」，中間大字「綴白裘新集□編」，左下「金閶寶仁堂梓行」。二編以下內封右欄小字「時興雅調」下方鈐集名木記，楷體陽文朱色，即：二編鈐「海宴河澄」、三編鈐「祥麟獻瑞」；乾隆三十五到三十六年間的本子例於內封右欄下鈐集名木記。

　　3.《初編》不用原先李克明〈綴白裘新集序〉，改冠程大衡〈新鐫綴白裘合集序〉，該文提到：「錢子德蒼搜採復增，一而二，二而三，今則廣而為六。」第二、三、四、五編序文不變，第六編冠葉宗寶〈綴白裘六集序〉。

　　4.新增六編合刊本總目錄，這份總目錄《初編》到《五編》的第一行分別題「新訂時調崑腔綴白裘□編總目」，《六編》則題「新訂綴白裘六編文武雙班合集總目」。四節版，由上而下列出該編一到四集的劇名與標目。[21]

21　補充說明，寶仁堂版總目錄有少數標目與集目或版心不同。如：總目錄作〈單刀〉，內文、版心作〈刀會〉；總目錄作〈蘆蕩〉，內文作〈蘆花蕩〉；總目錄作《摘錦‧党尉》，版心題〈雜齣〉，內文作〈賞雪〉；總目錄作《摘錦‧思春》，內文作〈小妹子〉；總目錄作〈跌包〉，內文作〈跌書包〉；總目錄作《雙官誥》，集目作《雙冠誥》。這些差異是吾人辨識版本的證據。

5.刪〈八仙上壽〉，全部改為加官、招財、魁星等吉祥神仙圖。

6.本階段的《六編》有崑腔，也有梆子腔、亂彈腔、西秦腔，是「文武合班」的選本。顏長珂先生討論乾隆三十九年《八編》指出：約在乾隆三十一年到三十五年左右，南方劇壇開始出現崑腔與梆子腔的合班演出，稱「文武雙班」或「文武合班」。這股風氣吹向北方，成書於乾隆五十年（1785）的吳長元《燕蘭小譜》就有關於北京的一個文武雙班「保和部」的記載。而《綴白裘》選齣的搭配與組織符合當時的劇場實況與演出實際，《八編》乃是供「文武合班」之用。「文武合班」孕育在崑腔的母體中，以「文部」崑班為主體，大半是演出崑腔劇碼，每台戲中交錯安排兩三齣「梆子腔」劇碼，並且，往往占有倒數第二齣即「壓軸」的位置。[22]

顏文提到的《八編》是第三階段才出版的，本階段的第六編總目有「文武雙班」字眼，吉祥神仙圖是雙加官、雙招財，且〈副末〉云：「梨園雙部舞蹁躚，文武爭奇誇艷。莫訝移宮換羽，須知時尚新鮮」，也就是說，本階段的《六編》就已經是「文武合班」的本子了——錢德蒼能配合潮流，即時行動，市場嗅覺非常敏銳。

筆者知見六編合刊本有四部。[23]

---

[22]　顏長珂：〈讀《再定文武合班綴白裘八編》書後〉，頁74-77。

[23]　臺灣大學圖書館（存22集，順集、河集闕）、美國哈佛大學燕京圖書館、大連圖書館、日本酒田市立圖書館藏。補充說明，臺大本《二編·宴集》的〈賞雪〉有紙廠印記「巽記／周廠上史」。

又，或謂有乾隆三十四年（1769）六編合刊本，書首有凡例十二條，其一云：「梆子秧腔，即崑弋腔，與梆子亂彈腔俗皆稱梆子腔。是編中凡梆子秧腔則簡稱梆子腔，梆子亂彈腔則簡稱亂彈腔，以防混淆。」乾隆三十四

（三）延續選刊階段

自乾隆三十六年至三十八年（1773）為第三階段，依序刊行：

· 乾隆三十六年刊《七編》《八編》。內封均為：欄上「乾隆三十六年新鐫」，右欄「時興雅調」，中間大字「綴白裘新集□編」，左下「金閶寶仁堂梓行」，釐為萬、芳、全、慶四集，有朱祿建〈綴白裘七集序〉，釐為千、古、長、青四集，有鏡心居士〈求作綴白裘序啟〉與蕉鹿山人[24]〈答〉。

· 乾隆三十七年（1772）刊《九編》《十編》。內封均為：欄上「乾隆三十七年夏鐫」，中間大字「綴白裘新集□編」，左下「金閶寶仁堂梓行」。前者右欄「內分含哺擊壤四冊」，總目題《增訂時調崑腔綴白裘九編》，釐為含、哺、擊、壤四集，有時元亮〈綴白裘九集序〉。後者右欄「內分遍地歡聲四冊」，總目題《增訂時調崑腔綴白裘十編》，釐為遍、地、歡、聲四集，有朱鴻鈞[25]〈綴白裘十集序〉。

· 乾隆三十八年出版初到十編合刊本。杜穎陶先生曾記載有這

年寶仁堂是否曾出版六編合刊本筆者高度存疑，所謂有十二條凡例的本子，路應昆教授探訪多年，沒有結果。見路應昆：〈昆弋腔辨疑〉，中國藝術研究院戲曲研究所《戲曲研究》第94輯（2015年8月），頁71-81。

[24] 乾隆三十九年《綴白裘新集八編》重刊本有〈綴白裘八集序〉，署「時乾隆三十九年孟春上浣八十老人許永昌書於吳門之蕉鹿山房」，〈序〉後刻有「蕉鹿山人」方型陽文墨印，則蕉鹿山人即許永昌。錢德蒼兩次刊行《八編》都請他作序。

[25] 朱鴻鈞，字聘侯，桐鄉人，乾隆五十一年貢生。《光緒桐鄉縣志》卷十一有載。見清·嚴辰修：《光緒桐鄉縣志》（南京：江蘇古籍出版社，1996年），頁437。

個本子，書首仍用程大衡序，唯改作「廣而為十」，[26]此「十編合刊本」下落待訪。

之所以會出版《七編》《八編》，起因於上個階段殫精竭慮改造、賴以糊口的六編合刊本遭人盜版，相關史料有三：

1.朱祿建〈綴白裘七集序〉云：「故每一集出，彼梨園中無不奉為指南，無怪壟斷輩之圖利翻刻也。獨念君老矣，精力日益衰邁，安用勞神苦思，徒為賤丈夫作嫁衣哉。愧余素不工詞曲，非解人，聞繕本已付剞劂，聊誌數言以應君請，而亦以愧世之濫竽者之恬不知恥也。」

2.鏡心居士〈求作綴白裘序啟〉云：「僕年來生計蕭條，窮愁益甚，酒酣之際，博採時腔，聊以驅遣愁魔。偶付梓人，不意頗合時宜，稍得少覓錙銖，賴以餬口。今為友人翻刻，購者稀而值頓減。昨於囊篋復檢得餘劇若干齣，雞肋可惜，再彙為七、八兩集。」

3.蕉鹿山人〈答〉云：「昨接來教，囑為《八集》敘。足下所輯六集，雖非新出己裁，然而搜羅去取，派列冷熱，亦頗費一番心血。聞近為圖利小人翻刻，蠅頭頓減。竭自己之神思，資梟獍之饞腹，已不勝為君憤懣髮指，何為再有七、八集之舉焉？此僕之所未解也。大凡酒肉之交，見利則罔顧情理，猶娼妓團童，財盡則踈無異。六集既翻，七、八何難再刻？吾子猶然娓娓甘作下車之馮婦，何愚戀若此哉！」

「鏡心居士」即錢德蒼，他自述生計蕭條，幸賴刊行《綴白裘》賺取餬口微利，不料遭友人翻刻盜版，銷量大減，只好再選刊

新的選本。他從囊篋找出「餘劇」，加上一些新選齣彙為七、八兩編刊行。

　　《七編》主收崑腔，但也有一齣地方戲〈拾金〉，《八編》收崑腔以及十餘齣地方戲。

　　錢德蒼〈求作綴白裘序啟〉所謂的「餘劇」指的是第一階段有選第二階段卻沒選的劇碼，如《琵琶記》〈描容〉〈別墳〉，《千鍾祿》〈搜山〉〈打車〉，《玉簪記》〈佛會〉〈偷詩〉，以及《邯鄲夢・打番兒》、《寶劍記・夜奔》、《躍鯉記・北蘆林》、《孽海記・下山》、《馬陵道・孫詐》、《天下樂・鍾馗嫁妹》等，都是長期盛演的劇碼，當可吸引消費者。除了這些所謂的「餘劇」，還增選了一些選齣，如《西廂記・寄柬》、《三國志・訓子》、《盤陀山・拜香》、《荊釵記・別任》、《吉慶圖・扯本》、《鐵冠圖》〈探營〉〈夜樂〉等。特別要注意兩點：一、這幾齣「餘劇」是用第一階段的書版印的，其行款與第二階段不同，而新選齣是第二階段起改用的行款，也就是說《七編》與《八編》一書當中有兩種不同的行款。二、這幾齣餘劇仍是第一階段原始面貌，沒有改造。

　　因應地方戲越來越受歡迎的趨勢，本階段的《八編》再次選刊第一階段的〈殺貨〉〈打店〉，並大舉增選〈打麵缸〉〈戲鳳〉〈借靴〉〈看燈〉〈鬧店〉等，比重大為提高。不過顏長珂先生指出，「文武合班」形式似乎存在不久，僅是短暫過渡，花部勢力日趨強大，這種平衡很快就被打破了。[27]對照《綴白裘》地方戲的選收狀況，確實如此。第一階段的地方戲還只是零星幾齣，第二、三

27　顏長珂：〈讀《再定文武合班綴白裘八編》書後〉，頁 74-77。

階段出現了「文武合班」選本《六編》及《八編》，後來因為花部勢力日盛，「文武合班」選本漸漸不敷使用，於是，第四階段出版地方戲專輯。錢德蒼的編輯策略緊貼劇壇的脈動，瞄準市場的需求，更迭進展。

乾隆三十七年夏，錢德蒼繼續「廣蒐博採，嗣八集而踵起也」（時元亮語），刊行《九編》及《十編》。

審辨其劇目可知，在前八編累積的三百多齣基礎之上，錢德蒼又有新構思新設計：提供串本演法。《九編》與《十編》只有《九蓮燈》、《醉菩提》、《衣珠記》三種是首次選刊，其餘全是前八編出現過的劇作。以《尋親記》為例，《初編》選刊〈飯店〉〈茶坊〉，《四編》選刊〈跌包〉〈榮歸〉，《七編》選刊〈出罪〉〈府場〉〈刺血〉，本階段的《九編》又選了〈遺青〉〈殺德〉兩齣，之所以選這兩齣，原因在於它們是故事的序曲，將之與過去前八編選的串起來看、合起來演，情節線首尾完整，可供劇團連綴成串本演出。又如《荊釵記》，該劇膾炙人口的〈繡房〉〈女祭〉〈男祭〉〈見娘〉等前八編已陸續選刊，《九編》選的是〈遺僕〉〈迎親〉〈回門〉，這三齣在表演上並無亮點，之前的舞台型選本從未出現〈迎親〉〈遺僕〉——後者就只是過場戲——但它們有交代劇情的功能，與過去選刊的串起來，情節線更加清晰完整。

回過頭來審視新增的《九蓮燈》、《醉菩提》、《衣珠記》三種，在《九編》《十編》這裡並非零散地選刊一兩齣、兩三齣，而是一口氣將該劇精彩的散齣全部選收，以串本形式呈現。

這就是為什麼朱鴻鈞〈綴白裘十集序〉說：「而一種剪紅刻翠，翻陳出新處，實則自有別腸，洵所謂同工而異曲者！行見繼九集而奏之，則片玉也，合九集而奏之，如貫珠也。」一齣一齣獨立

看，是摘演單齣，這是一種觀演方式。另一種是「合而奏之」，分散在不同編、集的同劇選齣連起來看、串起來演，纏纏如貫珠。摘單齣和演串本各有其審美趣味，故云「同工而異曲」。跳脫過去「一集等於一台戲」、「一台戲參考一集的順序來演」的框架，一到十編全部加總，兩種觀演方式，產生「橫看成嶺側成峰」綜效，劇團的施用空間更廣闊——新構思新設計可以看出錢德蒼的商業頭腦非常靈活。

　　本階段是單行本或合刊發行待考，筆者知見有本階段這四編加下階段增刊的《外編十一集》與《補編十二集》，六編集合在一起的情況，首都圖書館藏[28]。又有八編合刊本一部傳世，日本九州大學文學部藏，書首程大衡〈序〉云：「一而二，二而三，今則廣而為八」。[29]

---

[28] 首都圖書館乾隆三十六年《七編》《八編》，乾隆三十七《九編》《十編》，乾隆三十九年《外編十一集》《補編十二集》後半部這六編，與武林鴻文堂翻刻系統第一翻刻階段乾隆三十五年一到六編合刊本放在一起，組成一套。筆者曾經從「用紙、墨色、插圖刻工有一致性」、「字跡與九州大學本不同」、「《七編》與《八編》違反常例沒有木記」、「收入行款不一致，劇碼重複的《七編》、《八編》舊版不合常理」等，認為後半部這六編是鴻文堂翻刻的產品。見〈錢德蒼編《綴白裘》與翻刻、改輯本系譜析論〉，中國藝術研究院戲曲研究所《戲曲研究》第 89 輯（2014 年 4 月），頁 23。但 2013 年後，筆者多次反覆檢閱，比對紙廠印記、插圖，以及全文，確定後半部這六編是錢德蒼寶仁堂刊行的，不是鴻文堂翻刻。又，《七編・萬集》的《三國志・訓子》有紙廠印記「恒有本廠」。

[29] 根ヶ山徹：〈乾隆三十六年版《綴白裘》七編、八編の上梓とその改定〉，《東方學》第九十八輯（1999 年），頁 75。黃仕忠：《日藏中國戲曲文獻綜錄》（桂林市：廣西師範大學出版社，2010 年），頁 287。日本九州大學文學部藏本的《七編》《八編》有木記，首都圖書館藏本沒有。

（四）重訂補刊階段

　　朱鴻鈞〈綴白裘十集序〉指出：「顧十也者，數之成也，綴底於十，已足該終始而畢騁其才。」錢德蒼似乎打算編到《十編》為止，或因銷售成績亮麗，或因梨園的迴響需求——特別是地方戲——或有特殊考量，乾隆三十九年重新選編《七編》《八編》並刊行《外編十一集》《補編十二集》，短短一年出版了四編：

　　・《七編》重訂本：總目題《重訂崑腔綴白裘七編》，釐為民、安、物、阜四集，仍用朱祿建〈綴白裘七集序〉。

　　・《八編》重訂本：總目題《重訂崑腔綴白裘八編》，釐為五、穀、豐、登四集，請許永昌重撰一篇〈綴白裘八集序〉。

　　・《外編十一集》：內封欄上「乾隆三十九年夏鐫」，右欄上「內分萬方同慶四冊」，下加蓋木記：「舊八集○○○腔俱換入此集」。[30]中間大字「綴白裘外編十一集」，左下「寶仁堂增輯」。總目題《偶訂梆子腔綴白裘十一集外編》，釐為萬、方、同、慶四集，書首有許苞承[31]〈白裘外集序〉。

　　・《補編十二集》：內封欄上「乾隆三十九年夏鐫」，右欄「內分千古長春四冊」，中間大字「綴白裘補編十二集」，左下「寶仁堂增輯」。總目題《新訂綴白裘補編十二集》，釐為千、

---

[30] 筆者看到的木記顏色是深灰色，十二個字，○○○三字模糊無法辨識。吳新雷教授曾指出此編：封面朱印云「舊八集梆子腔俱換入此集」。見吳新雷：〈舞臺演出本選集《綴白裘》的來龍去脈〉，《吳新雷崑曲論集》，頁246。

[31] 曾有論文將「許苞承」釋文誤作「許道承」，應予辨正。

古、長、春四集，書首有葵園居士[32]〈十二集序〉。

　　《七編》《八編》重訂本的選齣變動有四：一是新增選齣，如《紅梅記‧算命》、《金印記‧逼釵》、《尋親記‧前索》等。二是保留乾隆三十六年《七編》《八編》增選的選齣，如《長生殿‧聞鈴》、《西廂記‧寄柬》等。三是保留部分所謂的「餘劇」，如《紅梨記‧花婆》、《三國志‧訓子》、《琵琶記》之〈描容〉、〈別墳〉，保留的都是盛演名作。四是刪除幾齣所謂的「餘劇」。

　　第四部分最值得注意。

　　當初，第二階段，大費周章重新採錄修編，斟酌審度之後捨棄了某些選齣，有了所謂的「囊篋中餘劇」。後來遭到盜版，為了餬口，又將這些「餘劇」拿出來重刊。然而不到三年，卻又捨棄它們，原因何在？錢德蒼有其顧忌——避免官方疑慮。

　　兩度選刊兩度捨棄的劇碼，有的涉及種族意識，有的在官方眼中是蠱惑人心、傷風敗俗、鄙俚淫誨：

　　‧《雙珠記‧大中軍》：有違礙觸背文字，如「前日大老爺撥你守堡，殺**韃虜**首級一顆，可就是你？」、「今早邊報到來，說**韃虜**攻打關西堡，城寨要點人馬策應」。

　　‧《邯鄲夢‧打番兒》：劇名「打番」看在異族統治者眼中相當不敬，且劇中有「番語」、「你可打的番，通的漢？」、「番王」、「番國」等字眼。

　　‧《寶劍記‧夜奔》：《義俠記》劇情主軸原係武松事，但在清代的舞台型散齣選本中潘金蓮故／情事卻凌駕主角武松，成了選錄／觀演焦點；《水滸記》的閻婆惜事凌駕主角宋江；《翠屏山》

---

[32]　曾有論文將「葵園居士」釋文誤作「葵圍居士」，應予辨正。

的潘巧雲事凌駕主角石秀。比起幾位淫婦，梁山好漢的事蹟在清代的舞台型散齣選本中相對沉匿。我們知道，梁山好漢反政府故事不受統治者歡迎，明代已有禁令，清代猶甚。[33]〈夜奔〉曲文「專心投水滸，回首望天朝。我急急走忙跑，百忙裡顧不得忠和孝。」如此不經之語、狂悖之詞，白紙黑字刷印刊賣，恐會招惹麻煩。

　　・《玉簪記・偷詩》：僧俗私媾，佻薄蕩佚，傷風敗俗。

　　・《安天會・胖姑兒》：【新水令】曲文暗示器官，不雅。

　　至於為何棄選《躍鯉記・北蘆林》、《天下樂・鍾馗嫁妹》、《西樓記・錯夢》，難以解索，不敢強解。

　　兩度選刊，最終捨棄〈夜奔〉〈偷詩〉等選齣，這件事提醒我們：錢德蒼的去取，以及後來者的抽換、改輯，目的不在於滿足觀演需求，避免觸犯政治禁忌，才是其考量。

　　地方戲得到觀眾賞愛迅速崛起，需求甚殷，錢德蒼破天荒出版地方戲專輯《外編十一集》。將乾隆三十六年《八編》的地方戲彙整到這一集，還增選〈借妻〉〈回門〉等梆子腔劇碼，以及高腔的〈借靴〉、亂彈腔的〈擋馬〉等；《外編十一集》的腔調種類最多。

　　《補編十二集》的編輯策略是：壯大選收陣容。《琵琶記・吃糠》、《繡襦記・剔目》、《牡丹亭・離魂》《爛柯山・潑水》、《長生殿・酒樓》、《占花魁・酒樓》這幾齣，就單折來說，是不容遺漏的藝術精品，就串本的角度而言，可以「補」足重要環節，使情節線更加清楚明晰。而選收以獨立姿態出現的劇碼《療妒羹・

33　見王利器輯錄：《元明清三代禁毀小說戲曲史料》（增訂本）（上海：上海古籍出版社，1981 年），頁 19、43、44、45、56 等。

題曲》、《四節記・嫖院》、《葛衣記・走雪》則是避免遺珠之憾，「補」強全套書的陣容。

　　第十二編出版的這一年秋天，錢德蒼逝世。

　　杜穎陶先生記載有乾隆三十九年「十二編合刊本」，書首冠程大衡序，改為「廣為十二」，[34]此本下落待訪。

（五）抽換改刊階段

　　乾隆三十九年，高宗徵編纂修《四庫全書》，開始一連串查繳違礙悖逆書籍的行動。乾隆四十一年，錢德蒼的後繼者，寶仁堂的編輯，見苗頭不對，趕緊抽換選齣：

> 今本堂細加校訂，凡原本曲文賓白內，偶有字樣違礙者，悉皆刪去。另將稿內別齣補入，仍十二集止，可稱全璧善本。識者鑒諸。乾隆四十一年春王正月寶仁堂識[35]

　　政治鐵腕下求生存必須迅速果決，寶仁堂的編輯斷尾求生，抽棄恐有違礙的選齣，並將錢德蒼生前儲備的未刊稿放進來，維持原本十二編的陣容架構。序文同上階段，書首仍用程大衡序，作「廣為十二」。

　　抽棄的選齣是描述宋金交戰、金人落敗的《倒精忠》〈草地〉〈敗金〉〈獻金橋〉，以及抨擊時事的《清忠譜》〈訪文〉〈罵

34　（杜）穎陶〈談綴白裘〉，頁 130-131。

35　清・寶仁堂：〈識語〉，《綴白裘新集合編》（美國華盛頓 DC：國會圖書館藏乾隆四十一年寶仁堂本），識語頁 1。

祠〉。在封建鐵蹄下生活的人，總會培養出一定的敏感度，知道如何避開違礙。證諸後來的史料，我們發現寶仁堂的編輯極具先見之明——幾年後，高宗欽點抽掣〈草地〉〈敗金〉：

> 劇本內如〈草地〉〈拜金〉等齣，不過描寫南宋之恢復，及金朝敗退情形，竟至扮演過當，稱謂不倫，想當日必無此情理，是以諭令該鹽政等留心查察，將似此者一體刪改抽掣。[36]

其次，更改四節版總目錄中的《水滸記》劇名。原題《水泊記》者沿用，題《水滸記》者改作「摘錦」。水滸故事向為清官方眼中釘，梨園演出時改稱為「摘錦」[37]或《水泊記》，以免惹上麻煩。

本階段寶仁堂的編輯新增《紅梨記・賞燈》、《兒孫福・宴會》兩齣實用的「宴會類」選齣。早在明萬曆三十年（1602），依主題歸類的《樂府紅珊》就專門輯有宴會類劇碼，這類劇碼藝術性不高，但社交演戲不可或缺。前面四個階段十二編加起來，宴會類劇碼僅寥寥六齣，[38]比例過低，若要成為滿足演出需求的長銷書，確實有必要增加，而〈賞燈〉歌頌太平的曲文，多少也有妝點粉飾的意味。筆者知見一部。[39]

36　清・高宗：〈諭令圖明阿等妥辦流傳劇本不得過當致滋煩擾〉，《纂修四庫全書檔案》，第七九一篇，頁1358。

37　陸萼庭：《崑劇演出史稿》（臺北：國家出版社，2002年），頁277。

38　《百順記》四齣以及《琵琶記・稱慶》、《滿床笏・笏圓》。

39　美國國會圖書館藏。存風、順、海、河、獻、共、樂、平、遍、地等集。

　　至此，歷時十三年，五個階段的採編出版劃下句點。

　　明中葉之後，不斷有書坊梓行舞台型散齣選本，其中《綴白裘》的選齣最多，銷售量最大，普及層面最廣，綿延時間最長，一切歸功於錢德蒼獨闢蹊徑的首創精神，以及與時俱進的出版理念。

　　舞台型散齣選本是演員演出的參考，是觀眾賞戲的對照，其編選思維乃是以消費者為中心，配合戲班演出的需要，切合讀者的需求。

　　在第一個階段（乾隆二十九至三十三年），錢德蒼以新穎的形式、內容吸引消費者。形式方面，別開生面，結合將編排體例與舞台演出流程，書首吉祥神仙戲（圖）→→ 副末 →→ 正戲 →→ 書末喜慶戲，各編自始至終看下來，宛如觀賞一場演出。內容方面，高比例選刊流行劇碼，史無前例選刊地方戲，並且採用新的標目。因此，甫出版即受到市場肯定，開啟銷售長紅的第一哩路。

　　錢德蒼不滿足於現狀，第二階段大破大立，追求品質的提昇，走向精緻的道路。採錄修編，內容更加合理、細膩、精緻，不但演員可以順暢地照樣搬演，還墊高了選齣成為舞台精品的藝術基礎；此外還規畫「文武合班」選本，即時契接劇壇的潮流。至於物質細節，更是講究，毅然決然放棄原書板重新鐫刻。一方面降低單集選齣數量，使之與當時一台戲的演出相當，方便劇團運用，也連帶變得輕便好拿。二方面，改變行款，版面變得疏朗悅目，閱讀起來較輕鬆。同時還改變選齣起始位置，選齣各自獨立，方便增、刪、重

　　這個階段新增的選齣《紅梨記‧賞燈》在風集，本書理所當然以之為底本；惜《兒孫福‧宴會》在佚失的卷冊，無奈只能以集古堂共賞齋本為底本。

組，靈活有彈性。錢德蒼的才情與魄力在此一階段全幅展現。

書暢銷之後，面臨盜版風暴，錢德蒼不得不思索重生再起之路。

第三階段剛開始，他的做法較保守，先在舊有的資源上站穩，保住基本營收再出發向前。靈活機敏的人終究會走出新路。首先，配合劇壇的風潮，增選地方戲。其次，更值得稱許的是，在累積了三百多個選齣的基礎上，錢德蒼拓寬視野，以串本作為新的編輯策略，滿足摘演單齣與串本兩種演出形式，施用空間更加靈活廣闊。

第四階段只有短短一年，卻做了很多事：一是抽棄可能引起官方疑慮的選齣，改選改編調整陣容；二是破天荒出版地方戲專輯；三是補強全書的陣容，臻茲美備。

第五階段，錢德蒼的後繼者，寶仁堂的編輯，抽棄可能有違礙的選齣，加入錢德蒼生前儲備的未刊稿。

長達十三年歷經五個階段的編刊過程，我們看到錢德蒼掌握劇壇脈動，契合市場需求，以過人的創意，精準的眼光，與時俱進的策略，寫下散齣選本史最熠耀的一章。

二、武林鴻文堂翻刻系統

乾隆三十五年起，杭州的書坊鴻文堂盜版錢德蒼費心採編出版的《綴白裘》。

盜版一事，最早是受害人錢德蒼記錄的，〈求作綴白裘序啟〉云：「僕年來生計蕭條，窮愁益甚，酒酣之際，博採時腔，聊以驅遣愁魔。偶付梓人，不意頗合時宜，稍得少覓錙銖，賴以餬口。今為友人翻刻，購者稀而值頓減。」盜版者是錢德蒼的友人，時間是

乾隆三十六年夏錢德蒼寫這篇〈啟〉之前。也就是說，乾隆三十五年春出版的六編合刊本很快就遭到鴻文堂盜版。

錢德蒼憤懣難消，多次以之為哏，寫到書中。

《繡襦記‧扶頭》劇譜幫閒樂道德與公子鄭元和、名妓李亞仙飲酒作樂。樂道德侈言作了三百六十四支新曲子，鄭、李定要求教，沒想到他開口唱的竟是支耳熟能詳的舊曲：

> （李亞仙）這原是舊的，我們刻本上有的。（樂道德）曲子呢，原是舊個，不過學生費子一番心血，是介點綴點綴，說是新個。哪說吥丟個星婊子丟就翻了我個板哉！

錢德蒼藉樂道德之口夫子自道，自己費心血修編卻被盜版，把盜版者比作婊子。同齣又藉行酒令（說出兩種相似的水生動物）罵盜版者烏龜：

> 團魚縮頸，分明翻板烏龜！

《西廂記‧遊殿》劇譜法聰和尚導引張生遊普救寺。錢德蒼又抓哏譏誚盜版者：

> （法聰）先是一個外路朋友來看，小僧說道：「家師有言，凡來看金剛者，要請教題詩一首。」個個客人說：「容易，拿筆硯來！」就提起筆來，拉牆頭浪是介一揮而就，說道：「一進山門四大人，腳尖踏定小妖精。睜起眼睛光油油……」結句甚是平常。（張生）卻是哪一句？（法聰）個

個客人是冒入鬼，看見個蛇頭伸丟下底，竟認錯哉，說道：「雞巴好像黃瓜能」。剛剛寫完，亦有介一位刻字先生來哉，小僧說：「嚇要請教介一首。」個個友朋說道：「個是麵袋裡貨色！」竟不推辭，提起筆來，就拉底下一連寫子四句，說道：「精刻詩文，每百三分。看我寫樣，翻板者請。」到子夜頭，家師居來，問道：「今朝阿有人來看金剛？」我說：「有個。」家師說：「阿曾題詩？」我說：「題個。」家師說：「介嘿，讓我看看題得阿好。」那時小僧照子蠟燭，我里家師是介一直念得下去，說道：「一進山門四大人，精刻詩文。腳尖踏定小妖精，每百三分。睜起眼睛光油油，看我寫樣。雞巴好像黃瓜能，翻板者請。」

拐彎抹角，咬文嚼字，藉機諷刺以洩心頭恨。當時蘇州地區的觀眾或許懂得錢德蒼這個哏，看了會莞爾一笑，時移境遷，不同地區不同年代的觀眾恐怕無法理解。後來的演法保留這個哏的形式（跳讀兩首不同詩作的句子製造笑料），將內容改成取笑和尚吃素，讓笑點符合這齣戲原本的情境。

〈請師〉演男妓周小官被妖魔纏擾，去請王法師捉妖。有兩個小段落借題發揮罵盜版者：

【急板令】家在杭州鼓樓前，靠山。一生屁股慣朝天，要錢。賭錢吃酒括小官，撒漫。誰人門外叫聲喧？開看。原來是周小官，翻板，翻板。（周小官）耍子翻板？（王法師）烏龜嚜翻板。

（王法師）穿起來。（作反穿介）（周小官）翻轉來。（王
法師）吓，翻轉來。（周小官）是這樣翻。（王法師）呸！
小雜種，只管翻列翻的！[40]

《快活林·鬧店》演武松欲替施恩奪回快活林酒店，進得店
來，沒好氣尋釁。錢德蒼又譏刺消遣一番：

（武松）酒保！（酒保）來哉來哉。亦要僱個？（武松）叫
一個妓女來陪酒。（酒保）客人，弗湊巧，當槽個翻子《綴
白裘》個板了，今朝纔去吃發財酒哉。

錢德蒼不顧選本編輯該有的分際，一而再再而三借題發揮，除
了不滿智慧結晶被剽竊，更可能是因為盜版者削價競爭，嚴重影響
了收益。

---

[40] 周姓男妓被妖狐糾纏，請王道士捉妖這齣戲，明代的《時調青崑》、《崑
弋雅調》就選刊了，兩版故事發生地點都是南京，主角都沒有名子，稱為
周小官。到了錢德蒼《綴白裘》的〈請師〉，地點改成了杭州，而且周小
官有了具體的名子「周德龍」。全齣看下來，讀者應該會同意，〈請師〉
故事發生在哪個地方，南京或杭州，對情節、內容、表演完全沒有影響，
主角有沒有名子也無關緊要，正文大多數還是叫他周小官。何必要改到杭
州？何必給具體的名子？筆者頗疑之所以改地點，之所以出現具體人名，
是錢德蒼藉題發揮，要帶出盜版者的名子。〈請師〉明白指周小官有翻板
行為，名叫「周德龍」，住在杭州，刻意把地點從南京改到杭州，是因為
杭州是盜版書坊「武林鴻文堂」的所在地，而給周小官具體的名子，是因
為「周德龍」正是盜版者之名。

　　筆者知見鴻文堂翻刻本有六部，**41**可以分為三階段。

（一）第一翻刻階段

　　乾隆三十五年春至秋，翻刻寶仁堂一到六編合刊本。內封中間大字「綴白裘新集□編」，右欄「時興雅調」，左下「武林鴻文堂梓行」。第一編欄上為「乾隆三十五年秋鎸」，第二編為「乾隆三十五年夏鎸」，第三到六編為「乾隆三十五年春鎸」。**42**

　　鴻文堂盜版純為射利，正文照樣翻刻，**43**陸續竄改內封、序文、序署文字。此階段翻刻本與寶仁堂本有以下差異：

　　1.沒有總內封。各編內封右欄「時興雅調」下方空白，沒有木記。沒有四節版總目。

　　2.書首不是程大衡序，而是乾隆二十九年李克明〈綴白裘新集序〉，將序署剜改作「乾隆二十九年春月松陵李克明書於**鴻文書**

41　一、首都圖書館藏，存一到六編。又，其中《初編・調集》的《牡丹亭・冥判》有紙廠印記「啓泰景□本／廠荊川太史」。

　　二、日本內閣文庫藏。

　　三、中央研究院近代史研究所郭廷以圖書館藏，存一到九編，王叔銘舊藏。

　　四、遼寧大學圖書館崧山分館藏。

　　五、柏克萊加州大學東亞圖書館藏，風、調、海、宴、祥、麟、彩、鳳集闕，森川竹磎舊藏。

　　六、臺灣學生書局《善本戲曲叢刊》第五輯影印，不知根據哪個本子景印，收藏地不明。

42　時序顛倒，或許鴻文堂先翻刻第三到六編。

43　正文照樣翻刻，沒有修改，但不知何故，全書卻有十餘個錯字，如《十五貫・訪鼠測字》的「隨口說一字也罷」，「說」誤作「識」。《倒精忠・交印》的「直抵汴京」，「抵」誤作「投」。

屋」。

　　3.將《三編》序署「時乾隆丙戌（三十一年）花誕日元和許仁
緒書於寶仁書屋」改為「時乾隆庚寅（三十五年）花誕日」。

（二）第二翻刻階段

　　鴻文堂在杭州翻刻發售，銷售成績應該不差，錢德蒼打趣說，
獲利多到可以去吃發財酒了，不過諸序文有多處明明白白提到編選
出版者是「錢德蒼」，鴻文堂賣起書來不但不光彩，也無法建立書
坊辨識度與知名度，不利後續商機。長久之計，是改掉原出版者的
資訊，建立起《綴白裘》與「武林鴻文堂」的連結，才能持續吸引
消費者。鴻文堂本的序署最晚是「乾隆丁酉（四十二年，1777）陽
春月」，內封鐫刊年最晚是乾隆四十二年冬，則乾隆四十二年冬季
之前，是動手腳竄改之時。從各種跡象看起來，根據寶仁堂第三、
四階段的本子翻刻，而其竄改不只一次，可分為第二翻刻階段與第
三翻刻階段。

　　第二翻刻階段的變動有：

　　1.加入寶仁堂六編合刊本書首的程大衡〈序〉。原文「一而
二，二而三，今則廣而為六」並未改成「廣為十二」。

　　2.剜改《重訂八編》的序署，作「乾隆**癸未**年孟春吳門許永昌
序」。癸未是乾隆二十八年，此時《綴白裘》尚未出版，林鶴宜教
授、曾永義教授先後指出「癸未」疑為乾隆三十八年「癸巳」之
誤，其說可從。[44]此番改動是為了掩人耳目，不一定得刻上正確的

---

[44]　林鶴宜：〈清中葉暢銷書綴白裘地方戲的刊行、流傳和腔調衍變〉，《規
　　律與變異：明清戲曲學辨疑》（臺北：里仁書局，2003 年），頁 239。曾

年份，鴻文堂或許想把乾隆三十九改成乾隆三十八以混淆視聽，一時不察致誤，也有可能只是因為看到李克明那篇序文中有癸未這個記年，不分青紅皂白取而填之。無論如何，序云：「歲輯《綴白裘》一冊，自歌自咏，若醉若狂，凡七刻矣。茲復以《八集》請序於予」、「今觀君所輯《八集》」，這篇序文寫作時，都已經出版到第八編了，不可能作於乾隆二十八年。

（三）第三翻刻階段

上階段竄改重心在序文提及錢德蒼的文字，但怎麼改還是有疏漏，問題最大的是朱祿建與許永昌兩人的寫序——兩人與錢德蒼熟識，提到了錢德蒼的生平以及彼此的互動。從鴻文堂的角度看，這兩篇序實在刺眼，乾脆刪掉，另請周家璠、晴浦居士寫新序。對於市面上有人「搶先」出版《七編》一事（即寶仁堂乾隆三十六年出版的《七編》）假裝驚詫，卻又不以為忤：「曩昔本欲於《六集》後再編一集，不期坊人竟以《七集》示余，因竊快其洵有同心，願為之序。」宣稱《七編》出版者與他們有志一同。其他變動還有：加了總封面，右欄「乾隆四十二年校訂重鐫」，中欄大字「綴白裘新集合編」，左欄小字刻四十八集集名，自風調雨順至千古長春，左下「鴻文堂梓行」。還加了跟寶仁堂一樣的四節版總目。

雖然鴻文堂本是盜版書，不過還是有其價值——在寶仁堂所在地蘇州地區以外建立新據點，鐫印了一批品質相對粗糙但極有可能價格相對低廉的《綴白裘》，對於這本書的流通推廣無疑有推波助

永義：〈錢德蒼《綴白裘》所見之地方戲曲〉，中國藝術研究院戲曲研究所《戲曲研究》第83輯（2011年4月），頁192。

瀾的作用。

三、四教堂與集古堂共賞齋系統

這個系統始於「四教堂本」以及「集古堂藏板、共賞齋藏板」兩個本子。六個版本系統中，此系統綿延時間最長，從乾隆四十六年（1781）開始，一直到民國十三年（1924）都還有本子出版，超過一百四十年。印刷方式與時俱進，先是雕版印刷，後用西方傳來的石印法。開本也比其他系統多種，有和寶仁堂、鴻文堂差不多長寬各約二十一、十三公分的本子，有稍小一點的巾箱本，甚至還有小巧玲瓏的迷你本。之所以有如此強旺的生命力，最重要的原因在於本系統是官方主導出版，強制推行，諭令書坊依式刊賣、劇團照樣施用的官定版本！再者，採用「以數分卷式」（按照數字一二三四排卷次），翻找便利性大為提高。對消費者來說，既「安全」又方便。

（一）高宗飭查演戲曲本

清乾隆四十五年（1780）十一月十一日〈乙酉諭軍機大臣等令〉，高宗下旨飭查「演戲曲本」：

> 前令各省將違礙字句書籍，實力查繳，解京銷毀，現據各督撫等陸續解到者甚多。因思演戲曲本內，亦未必無違礙之處，如明季國初之事，有關涉本朝字句，自當一體飭查。至南宋與金朝關涉詞曲，外間劇本，往往有扮演過當，以至失實者。流傳久遠，無識之徒，或至轉以劇本為真，殊有關

係，亦當一體飭查。此等劇本，大約聚於蘇、揚等處。著傳諭伊齡阿、全德留心查察，有應刪改及抽掣者，務為斟酌妥辦。并將查出原本暨刪改抽掣之篇，一併黏籤，解京呈覽。但須不動聲色，不可稍涉張皇。[45]

　　蘇、揚等處是飭查重點區域，飭查內容鎖定在描述南宋金朝以及明末清初政權更迭的歷史劇。

　　此〈令〉下兩淮鹽政伊齡阿、蘇州織造全德。伊齡阿接旨後，上奏提出進一步建議：

抑奴才更有請者，查江南蘇、揚地方崑班為仕宦之家所重，至於鄉村鎮市以及上江、安慶等處，每多亂彈，係出自上江之石牌地方，名曰石牌腔。又有山陝之秦腔，江西之弋陽腔，湖廣之楚腔，江廣、四川、雲貴、兩廣、閩浙等省皆所盛行。所演戲齣，率由小說鼓詞，亦間有扮演南宋、元明事涉本朝，或竟用本朝服色者，其詞甚覺不經，雖屬演義虛文，若不嚴行禁除，則頑愚無知之輩信以為真，亦殊覺非是。可否仰懇皇上天恩，密敕各該省督撫，專派委員，詳加查察。如有違礙，立即嚴行一體查禁。[46]

45　清・高宗：〈乙酉諭軍機大臣等令〉《清實錄・高宗純皇帝實錄》第二十二冊（北京：中華書局，1986 年），卷 1119，頁 939。

46　朱家溍、丁汝芹：《清代內廷演劇始末考》（北京：中國書店，2007年），頁 58。

　　伊齡阿建議擴大查察範圍，請敕各省督撫查察石牌腔、秦腔、弋陽腔等，高宗採納其建議：「自應如此辦理，著將伊齡阿原摺，抄寄各督撫閱看，留心查察」。[47]

　　各省督撫無不上緊查辦，或「將各書坊宋、元、明新舊劇本詳細確查，並將教習人等平日收藏新舊戲文，無論刻本抄本，概令呈繳」[48]，或「密為各處訪購，無論刻本抄本，概行收買逐細校勘」、「密為搜求，多方購買，不使稍有遺漏」[49]。查辦行動鋪天蓋地，密不透風。

　　入清後的舞台型散齣選本，順治朝刊行者有《樂府歌舞台》、《歌林拾翠》兩種。康熙朝有《崑弋雅調》、《千家合錦》、《萬家合錦》三種。[50]雍正朝有甲辰年（二年，1724）石渠閣主人輯

---

[47]　清・高宗：〈諭軍機大臣等〉《清實錄・高宗純皇帝實錄》第二十二冊，卷1119，頁950。此後半年，直隸總督、山西巡撫、江蘇巡撫、湖廣總督及湖北巡撫、兩廣總督、廣東巡撫、湖南巡撫、江西巡撫等陸續回奏，報告查辦方法及成果。見朱家溍、丁汝芹：《清代內廷演劇始末考》，頁59-64。

[48]　清・伊齡阿〈奏〉，收入朱家溍、丁汝芹：《清代內廷演劇始末考》，頁57。

[49]　清・全德〈奏〉，收入朱家溍、丁汝芹：《清代內廷演劇始末考》，頁58、59。

[50]　《崑弋雅調》刊行年代考證見尤海燕：《明代折子戲研究》（北京：首都師範大學博士論文，2009年），頁138-139。
　　《千家合錦》、《萬家合錦》為姑蘇王君甫刊，或謂二書乾隆間刊行，然未有實據。姑蘇王君甫曾於康熙二年（1663）刊行《大明九邊萬國人迹路程全圖》，其營業活動主要在康熙朝。由於二書收錄的《紅葉記・四喜四愛》、《金貂記・敬德牧羊》、《金鐧記・敬德洗馬》、《玉簪記・妙常拜月》常出現在明萬曆至清初的弋陽、青陽腔選本中，愚意以為，舞台型

《綴白裘全集》、《續綴白裘》兩種。乾隆朝呢？在錢德蒼的《綴白裘》之前，只有乾隆四年（1739）覆刻康熙三十三年（1694）的聞正堂刊《綴白裘全集》一種——都已經是四十五年前的老本子了。存世乾隆朝舞台散齣選本數量寡少，對照當時全國各地的演劇風氣，以及崑劇折子戲登峰造極的情況，令人感到納悶，想必有選本因這次飭查行動消失了。錢德蒼編《綴白裘》被梨園戲班奉為演出指南，官員不可能不知道其影響力之大、涵蓋面之廣，理所當然成了查飭標的。

　　乾隆四十六年，伊齡阿設揚州詞曲局審察刪改違礙劇曲，黃文暘、凌廷堪、李斗、羅聘等一百零九人襄其事，四教堂本與集古堂共賞齋本極可能就是該局的產物。

　　〈令〉指示：「有應刪改及抽撃者，務為斟酌妥辦」，但怎麼辦才妥當呢？蘇州織造全德的做法最具代表性：

> 應刪應改及應行抽撃者，俱一一黏籤，陸續恭呈御覽。敬候欽定後，凡無關禁令，各戲仍令照常演唱，其應刪應改者，逐一更正妥當，再諭令書坊照更訂之本刊賣，并令各戲班照新本演唱。其有違礙語句之原板原書并抽撃之書板盡行銷毀，庶民不知擾而事歸實際。*51*

散齣選本中的弋陽、青陽腔劇目是審辨其刊行年代的內證，上述幾齣康熙以後的選本罕見其蹤，所以說二書刊於乾隆年間的可能性不大，應是在王君甫營業活躍的康熙朝。

51 清・全德〈奏〉，收入朱家溍、丁汝芹：《清代內廷演劇始末考》，頁58。

　　書到之後，「逐細校勘」，有疑義有問題的黏籤送交朝廷，等候欽定裁決哪些要抽徹、哪裡得刪改，改成一個官定本。書坊必須依照官定本刊印出版，戲班也都必須依照官定本演唱。

　　本系統就是官定本，比對選目、文字可以得出這樣的結論，還可以從當時查辦的「作業流程」所留下的痕跡看出來。

　　乾隆朝查辦違礙觸背文字有固定的「作業流程」，乾隆四十五年十一月二十日〈寄諭各省督撫詳查各種書籍不應銷燬而印本留有空格者解京填補〉這條史料足以說明：

> 著傳諭各省督撫，詳查各種書籍內有不應銷燬而印本留有空格者，概行簽出解京。俟交館臣查明，酌量填補後，仍行發還。其有版片者，即著各督撫遵照所填字樣補行填刻，以歸劃一。[52]

　　作業流程是「留空格→填刻」：有疑義的字句先留下空格，送到北京，由館臣填補空格；館臣填補本是為範本，發還給各督撫，遵照填刻。

　　四教堂本的目錄頁有空格（詳下文），不小心留下證據，讓我們看到作業流程的前階段，而集古堂共賞齋本所有空格俱已填刻，是作業完成後「歸於劃一」的面貌。[53]

---

[52]　中國第一歷史檔案館編：《纂修四庫全書檔案》，第七二七篇，頁1231。

[53]　補充說明，四教堂本與集古堂共賞齋本應是同一機構、同一群人、同一時間產物，目錄、版式、正文一模一樣，只有封面書名與插圖不同，兩者不存在某本翻刻某本的關係。筆者認為，之所以交由兩個書坊發行可能是刻

（二）乾隆四十六年（1781）四教堂本

乾隆四十六年[54]四教堂出版《重訂綴白裘全編》[55]，正文底本是抽棄違礙選齣，自我淨化過了的寶仁堂乾隆四十一年十二編合刊本，序文也是，但有部分文句採用鴻文堂第二翻刻階段的本子，[56]應該也是跟鴻文堂翻刻者的心態一樣，有意遮蔽原出版者錢德蒼的資訊。

第一冊內封「乾隆四十六年新鐫（欄上）／內分十二集（右欄）／重訂綴白裘全編／四教堂梓行」，其他各集內封「乾隆四十六年新鐫（欄上）／綴白裘新集□編／四教堂梓行」。目錄頁書口作「綴白裘新編」；插圖頁書口作「綴白裘全集」。全書十二集，每集釐為一、二、三、四卷。第一冊書首冠程大衡〈序〉，有「玉帝四仙金蟾圖」、「指日高陞」、「招財」三張圖，其他各集沒有插圖。各集有集目錄，但全書沒有總目。筆者知見有六部。[57]

意安排在不同地區發賣，以迅速取代前兩個系統的本子，向上級交差。

[54] 四教堂《重訂綴白裘全編》刊年為乾隆四十六年，有許多論文誤作「乾隆四十二年」，問題出在中華書局汪協如點校本《綴白裘》書末的〈校讀後記〉誤作「乾隆四十二年」，論文作者未核實，以訛傳訛。應予辨正。

[55] 版式：四周單邊，花口，單黑魚尾，版心上至下依次是：劇名、卷次、齣名、頁碼、集次。行款：半頁九行，行二十字。行款：曲文單行大字，賓白單行中字，科介、腳色單行小字。

[56] 如第八集序署作「乾隆癸未年孟春吳門許永昌序」。

[57] 一、中國國家圖書館藏，存一集卷一、二集卷一卷三、四集卷一卷三、五集卷一卷三、六集卷一卷三、八集卷三、九集卷一、十集卷一卷三、十一集卷一、十二集卷一。

二、中國藝術研究院圖書館藏，存初集卷一卷三卷四、二集、三集、四集卷二三四、五集、六集、七集、八集、九集卷二卷三卷四、十集卷一卷二

　　《綴白裘》確實有敷演「明季國初」以及「南宋與金朝」的劇碼，其他朝代為背景的劇碼某些也有種族歧視的「違礙語」。四教堂本（以及集古堂共賞齋本，以下同）的改變有：

1.更正違礙觸背文字

　　更改涉及種族歧視的字眼，如：

　　《牧羊記·慶壽》寶仁堂本原作「**蠢茲戎虜**，屢寇邊城」，改作「**單于恃強**，屢寇邊城」。

　　《牧羊記·望鄉》原作「那李將軍為人最賢，怎肯與**羯羶**為姻眷」，改作「那李將軍為人最賢，怎肯與**外國**為姻眷」；「你教我去順**羶羯**，我寧甘殞絕」改作「你教我去順**他邦**，我寧甘殞絕」。

　　《鳴鳳記·辭閣》原作「國家大事，**韃虜**為憂」，改作「國家大事，**邊寇**為憂」；【三學士】原作「**破胡**必用龍韜策」改作「**安邊**必用龍韜策」；原作「肅清**夷虜**之塵」改作「肅清**朔漢**之塵」；【五馬江兒水】原作「奮武揚驍，破**蠻戎**如削草」改作「奮武揚驍，破**強寇**如削草」；原作「祁連再無**胡騎**遶」改作「祁連再無**兵騎**遶」。

　　《鳴鳳記·河套》原作「**醜虜**陸梁，自古有之」改作「**邊寇**陸梁，自古有之」；原作「虜騎長驅，**犬戎**犯順」改作「虜騎長驅，

　　卷四、十二集卷一卷二。

　　以上兩部裝訂有同樣的缺失，就是將三集目錄第三頁誤置於二集，而二集目錄第三頁、三集目錄第一頁與第二頁闕。

　　三、日本九州大學圖書館六本松分館濱文庫藏。

　　四、日本大谷大學圖書館藏。

　　五、內蒙古圖書館藏。

　　六、私人藏。

西<u>戎犯順</u>」；原作「玉容粉面，**盡被腥羶**」改作「玉容粉面，**盡棄沙塵**」；原作「如今既沒于<u>北虜</u>」改作「如今既沒于<u>北地</u>」。原作「必須先斬曾銑，**韃虜**不攻自退」改作「必須先斬曾銑，**強寇**不攻自退」。

《倒精忠‧交印》原作「<u>金人未滅</u>身先死，常使英雄淚滿襟」改作「<u>國家多故</u>身先死，常使英雄淚滿襟」；原作「萬騎<u>胡兒</u>入帝京」改作「萬騎<u>金兵</u>入帝京」。

這些後來才填刻的字大小與上下文不一致，可以辨識出來。

2.調整劇目

首先，刪《衣珠記‧珠圓》，原因不明。

其次，刪〈賜福〉〈八仙上壽〉兩齣吉祥神仙戲，新增一張「玉帝四仙金蟾圖」來代表開場的吉祥神仙戲。這張「玉帝四仙金蟾圖」畫面上方是玉帝，其左右則各有一神仙，後方則有兩名侍女；畫面中間是財祿壽子四仙；下方是兩童子翻滾，以及蟾蜍一、掃帚一。值得注意的是，玉帝及其寶座整個是在桌子上，侍女們站在桌子上，左右兩神仙則是站在椅子上，可見刻劃的場景不是仙界，而是舞台。戲曲舞台的主要砌末是一桌二椅，位階最高的玉帝在最上層，神仙中層，財祿壽子四仙與童子底層，插圖描繪的是在舞台運用砌末製造三層高低差演出神仙賜福。

3.更改目錄頁地方戲腔調名稱

四教堂本正文的空格都遵照官方更訂的文字填刻，但目錄頁不小心留下空格，是作業流程前階段的情形。

目錄頁的空格是地方戲的聲腔腔調。前文已及，這次飭查行動地方戲也是項目之一。《綴白裘》選有梆子腔、高腔、西秦腔、亂彈腔，內容沒有明末清初事，也沒有南宋與金朝事（如韓世忠梁紅

玉故事），似乎也沒有關涉朝廷字句或僭用服色者，主題內容並沒有犯禁違法，只不過有些情節荒誕粗糙。地方戲在四教堂出版時受歡迎程度可能更高，如果刪去，恐難獲得消費者青睞，不利於更訂本的推廣，所以稍加變通——正文照舊，版心的腔調名稱照舊，但更改目錄頁的腔調名稱。

　　是以我們看到四教堂本第六集目錄頁梆子腔的〈買脂〉〈送昭〉〈過關〉、亂彈腔的〈陰送〉、西秦腔的〈搬場拐妻〉其齣名前面留白一行，〈途嘆〉等四齣前一行上留有三個空格，都沒有腔調名稱。補填後「劃歸於一」的集古堂共賞齋本，第六集目錄頁統一作「梆子腔」，至於第十一集地方戲專輯，目錄頁沒有出現聲腔、腔調的字眼。

　　除了違礙敏感字眼外，既然重鐫，寶仁堂本明顯的錯誤也順便更正。如〈羅夢〉，錢德蒼誤題劇名作《盤陀山》，實為《一文錢》，四教堂版更正，後來其他系統的本子多數隨之更正。

　　四教堂本還竄改部分序文，詳見本書校記。

（三）集古堂共賞齋系列

1.乾隆四十六年至四十七年（1781-1782）集古堂共賞齋本

　　首集內封「乾隆四十六年新鐫　內分十二集（右欄）／重訂綴白裘新集合編／集古堂藏版」。二、三、四、五、六、七、八、九、十、十二集內封是「乾隆四十六年新鐫（右欄）／重訂綴白裘□集／共賞齋藏版」，唯第十集刻年作「乾隆四十七年」。筆者知見有多部。**58**

58　中國藝術研究院圖書館、首都圖書館、中國社會科學院文學研究所（《續

　　集古堂共賞齋本目錄頁的空白都已填刻,是「作業流程」後面的完成階段,地方戲聲腔腔調全作「梆子腔」。

　　此版本有幾部和四教堂本有一處不同,第八集一卷加入〈八仙上壽〉作為首齣。因為是增加的,頁碼為一,而原來的第一齣《荊釵記‧別任》編碼本來就是從頁一開始,所以這幾部的第八集一卷有兩個頁一。

2.乾隆四十六年（1781）共賞齋本

　　第一冊內封右至左「乾隆四十六年新鐫　內分十二集／重訂綴白裘新集合編／共賞藏版」,其他各集內封「乾隆四十六年新鐫／重訂綴白裘□集／共賞齋藏版」。

　　這個版本刻年統一作乾隆四十六年,出版書坊統一作「共賞齋」,而上述集古堂共賞齋本刻年有作乾隆四十六年,有作乾隆四十七年。表面上看起來,此本年代在前,事實不然。證據在於:此本第九集末多了一齣《衣珠記‧珠圓》,版框不同、[59]魚尾不同,正文字體也不同,唯頁碼與前齣相連,顯然是後刻增入。筆者知見一部。[60]

3.嘉慶十八年（1813）集古堂本

　　修四庫全書》本據之景印）、上海圖書館、湖南圖書館、北京師範大學圖書館、蘇州大學圖書館（存五到十二集）、英國倫敦大學亞非學院圖書館（傳教士 Robert Morrison 舊藏）、英國利茲大學圖書館藏,並有多部私人藏。

[59]　原乾隆四十六年至四十七年集古堂共賞齋本的版框為:四周單邊,單黑魚尾,版框高廣 16.3×9.8cm。新增的這齣《衣珠記‧珠圓》是上下單邊,左右雙邊,線魚尾,版框高廣 17×10cm。

[60]　浙江圖書館孤山分館藏。

　　乾隆四十六年之後的三十年間，市場上新鐫的學耕堂本、博雅堂本、增利堂本、五柳居本都沿用錢德蒼寶仁堂的「以字名卷式」（各卷以文字如「鳳」、「鳴」來命名），檢閱不便，還是本系統的「以數分卷式」方便。又因為本系統是官定強力推廣的版本，不能斷貨，多年後，到了嘉慶十八年左右，或因市場需求，集古堂修板重刊。

　　此版本書首新增王善璧[61]〈序〉，署「嘉慶十八年歲在昭陽作噩孟冬上澣同里弟王善璧拜題」，以及郭維瑄[62]〈題祝〉，署「嘉慶十八年小陽月上澣表侄郭維瑄頓首拜題」，連同原本的程大衡〈序〉，共有三篇。

　　三篇序文有幾點必須審辨：一、三篇序錯簡。二、王善璧〈序〉前半脫。三、王善璧這篇〈序〉與郭維瑄的〈題祝〉乃是兩人為某「藜庭先生」編纂的某書所撰，該書是甄擇散文，摘錄其佳句警句作為範例的寫作指導，與戲曲，與散齣選本，與《綴白裘》毫不相干！不明原因羼入。

　　後來的光緒年間石印本，不察郭維瑄〈題祝〉的性質，又因錯簡之故，誤以為該文從「所思詞或未備，何以攄瑰麗之精」起，至

61　王善璧，字奎東，孫夼社古現村人，清嘉慶己卯（二十四年，1819）進士，曾任廣東和平知縣，居官清廉，有古循吏風，歸里後裁成後學，一時諸名流多出其門下。《民國福山縣志稿》人物志第七有傳。見于宗潼纂、王陵基修《民國福山縣志稿》（南京：鳳凰出版社，2004年），頁303。

62　郭維瑄，字達夫。福中社城裏人，清嘉慶辛酉（六年，1801）拔貢，官至海豐縣教諭，工詩詞，著《萊門詩文草》二卷。大父郭懋先，嘉慶辛酉舉人，授新泰縣教諭，後鄉居設帳，進士王善璧出懋先門下。《民國福山縣志稿》人物志第七有傳，藝文志第六有詩〈無題〉。見《民國福山縣志稿》，頁327、195。

「而猶有賣櫝還珠者，必不然矣」止，[63]竟將此後半篇重鎸作為〈序〉。[64]

吾人要注意的是，由於王善璧〈序〉與郭維瑄〈題祝〉乃是誤屬，這個本子的刊年恐怕不是二文所署的嘉慶十八年。筆者知見有四部。[65]

4.道光三年（1823）共賞齋巾箱本

清末徐珂《清稗類抄》提到：

> 嘉、道之際，海內宴安，士紳讌會，非音不樂。而郡邑城鄉，歲時祭賽，亦無不有劇。用日以多，故調日以下，伶人苟圖射利，但求竊似，已足充場，故從無新聲新曲出乎其間，《綴白裘》之集，猶乾隆時本也。[66]

嘉慶、道光年間，崑劇聲勢走下坡，舞台創新力減降，演出市場的規模已經無法撐持新選本的出版了。然而即使曲高和寡，崑腔選本還是有一定的消費群，《綴白裘》裒集崑劇全盛時期常演劇碼四百多齣，在聲勢消沉、習演老戲的年代足敷使用，所以一直有它的基本盤。梁章鉅《浪跡續談》提到：「（嘉慶、道光間，余）在

63　清・郭維瑄：〈題祝〉，《重訂綴白裘新集合編》（日本：京都大學文學部藏本），序頁 3 上-6 上。

64　《歷代曲話彙編》、《京劇歷史文獻匯編》誤將郭維瑄的這篇〈序〉當成戲曲文獻收錄，應予辨正。

65　南京圖書館、日本京都大學文學部、日本慶應大學奧野（信太郎）文庫、日本東北大學藏。

66　清・徐珂：《清稗類抄》（北京：中華書局，1986 年），頁 5014。

京師日，有京官專嗜崑腔者，每觀劇，必攤《綴白裘》于几，以手
按板拍節，群目之為專門名家」[67]足資證明。

　　嘉慶、道光兩朝五十五年間，計有嘉慶十五年五柳居本、嘉慶
十八年集古堂本、道光三年共賞齋巾箱本、道光十年可經閣本、道
光十年土洋華德堂與嘉興吟樨山房本、道光十年重鐫嘉興增利堂本
六種本子問世，平均每隔八九年就有一種出版，滿足基本盤。

　　巾箱本《重訂綴白裘新集合編》第一冊內封右到左「道光三年
新鐫　內分十二集／重訂綴白裘新集合編／共賞齋藏版」，其他各
集內封「道光三年新鐫／重訂綴白裘□集／共賞齋藏版」，目錄書
口作「綴白裘新編」。巾箱本改變行款，[68]序文一律改為匠體字，
並更改少數文字與署（詳本書校記）。餘同乾隆四十六年至四十七
年集古堂共賞齋本。

　　這個版本的紙、墨、版刻品質非常差，還有不少錯字，但傳世
數量多。[69]年代晚近無疑是量多的主因，同時也代表了刷印、購藏

67　清・梁章鉅：《浪跡叢談》（北京：中華書局，1981 年），頁 346。

68　正文版式：四周單邊，花口，單黑魚尾，版心上至下依次是：劇名、卷
　　次、齣名、頁碼、集次。半頁十二行，行二十字。行款：曲文單行大字，
　　賓白單行中字，科介、腳色單行小字。

69　中國國家圖書館（兩部，均有闕）、首都圖書館、上海圖書館、南京圖書
　　館（兩部）、天津圖書館、湖南圖書館（存 18 冊）、北京大學圖書館、
　　河南大學圖書館（存 6 冊）、山東大學圖書館、廣州中山大學圖書館、遼
　　寧圖書館、吉林市圖書館、黑龍江伊春市圖書館、臺灣國家圖書館臺灣分
　　館、中央研究院傅斯年圖書館、日本京都大學附屬圖書館（存一到九集）、
　　日本大東文化大學、日本關西大學圖書館長澤規矩也文庫、日本慶應大學
　　斯道文庫、日本拓殖大學宮原民平文庫（存前三集 6 冊）、日本大阪大學
　　懷德堂文庫、美國耶魯大學東亞圖書館、法國國家圖書館藏（Louis-

量多；質差量卻多，乃因體積小，便於舟車攜帶。

5.同治辛未（十年，1871）藻文堂本

同治十年藻文堂刊《重訂綴白裘全集合編》，是由一頁總內封加上集古堂共賞齋本的正文所構成。總內封由右至左：同治辛未年新鐫　計十貳集／重訂綴白裘全集合編／藻文堂梓。總內封以外的序、目錄、插圖、正文是用集古堂共賞齋本的板子印的，部分文字缺損，以墨書補寫。筆者知見有三部。[70]

（四）嘉慶十五年（1810）五柳居本

刊於嘉慶庚午（十五年）的五柳居本《綴白裘新集合編》，其選收劇目同四教堂與集古堂共賞齋系，但次序稍變：將八集一卷第一齣〈八仙上壽〉放到首冊首齣，《鐵冠圖》〈守門〉、〈殺監〉往後挪到該卷末。諸「違礙語」除了《牧羊記・慶壽》一處之外，其餘都更改，同四教堂與集古堂共賞齋本。

奇特的是，五柳居本的分卷形式、序文、目錄等選齣正文以外的項目承襲「寶仁—鴻文—學耕」系統。

分卷形式採「以字名卷式」，自「風調雨順」至「千古長春」。

序文同學耕堂本，有李克明以及程大衡兩篇序，李〈序〉署跟學耕堂一樣，剜改作「乾隆二十九年春月松陵李克明書於**學耕**書屋」。

目錄方面，本系統並沒有四節版總目，「寶仁—鴻文—學耕」

Philippe 國王舊藏），並有多部私人藏。

[70]　吉林圖書館、四川大學藏（楊無疆舊藏）、私人藏。

有，十二編總目集中放在第一冊。五柳居本的四節版目錄是將十二編拆開，分別放到各編書首；不過部分本子《二編》以後沒有序、插圖、副末。

　　極可能，五柳居本是因為刊年與學耕堂、博雅堂、增利堂本接近，受到它們的影響，採用學耕系統的「以字名卷式」以及序文。筆者知見有多部。[71]

（五）石印繪圖本系列

　　鴉片戰爭前後，西洋石印技術隨基督教新教傳教士來華，一八八零年之後普及。用石印法印刷的書，文字紙墨煥然、歷久如新，又可隨意縮放，書商紛紛設局，以石印法印刷圖書，石印本盛極一時。[72]

　　石印繪圖本系統誕生於崑劇沒落的光緒後期，此時崑劇聲勢衰頹，已經無法與花部爭勝，絕大多數戲班不需要《綴白裘》來作指南了。不過，還是有雅愛者在，還是有市場的。《綴白裘》幾個老本子板片漫漶爛損，有鑑於此，書坊主引進西洋石印法，將之改造成適合案頭閱讀的讀本。

　　書名強調「繪圖」兩字，全書總共有五百餘幅插圖。在首冊最前面的是貼、老外、正小旦、正生、武生、淨、丑、小生等崑劇行當圖，可能是料想當時廣大的讀者不熟悉崑劇腳色，特以插圖呈

---

[71] 中國國家圖書館、首都圖書館、南京圖書館、南開大學圖書館、遼寧圖書館、山東大學圖書館、日本京都大學人文研究所、日本廣島大學藏。

[72] 張秀民著、韓琦增訂：《中國印刷史》（杭州：浙江古籍出版社，2006年），頁441-443。

現，並以大眾熟悉的京劇行當來比附說明，如以「花旦」說明
「貼」。接著是天官、賜福、招財三圖，畫中的神仙處在雲霧裊裊
的仙界，沒有演戲開場也常有的跳加官、魁星之類的圖像。其後，
每齣一幅插圖，值得注意的是，圖中的女性裝束半數是清裝，與戲
曲舞台的打扮迥然有別。看起來，此版本作為梨園演出參考、觀眾
賞戲對照的性質並不明顯。

1.光緒乙未（二十一年，1895）上海書局石印本《繪圖綴白裘》

　　內封刻「繪圖綴白裘一集」，牌記「光緒乙未莫春／上海書局
石印」。[73]書首有程大衡〈序〉，改題〈繪圖綴白裘合集序〉，文
字同集古堂共賞齋本。其後是郭維瑄〈序〉，即所謂嘉慶十八年修
板重刊本之〈題祝〉，唯誤作：所思「詔」或未備、「黎」庭先
生。書末有七生生〈跋〉：

> 《綴白裘》一書，將古人喜笑怒罵之事曲曲傳出，欲後人觀
> 其書知其事，而人情之有以正，天籟之有以形，所謂文章之
> 變化者也。是書一出，傳遍海內，特棗梨所鐫，數十年後字
> 跡模糊，觀者憾焉。今飛鴻閣主人，用泰西石印法，縮成袖
> 珍本。書法圓美，校對精詳，說白句讀，加之以圖，使讀者
> 一目了然，無亥豕之訛。吾知是書一成，必家置一編，而以
> 先觀為快焉。
>
> 余性拙，不解音律，而好聽人之歌唱。當乎名花，四壁歌聲
> 達於戶外，抑揚婉轉，疊疊動人，恍身入其中而與古人相會

73　版式：四周雙邊，書口印「繪圖綴白裘」，單黑魚尾，魚尾下依次為卷
　　次、劇名、齣名、頁碼、集次。行款：半頁十八行，行四十六字。

焉。今見是書，如獲至寶，暇時翻閱一、二齣，往來欣喜于中，不必藉人之歌唱而自得其趣，何樂如之？

署「光緒二十一年歲在乙未清明節西湖七生生跋　鴛湖四勿生書」。[74]指出當時市面上幾個本子的《綴白裘》板片舊損、字跡模糊，所以飛鴻閣主人用外國傳來的新技術印刷重刊，賓白句讀加圈，[75]方便閱讀。

七生生將戲劇當成若有其事的「古人事」來看待，曲折的戲劇情節則視之為「文章之變化」。有了這本書，即使不看演出，光是閱讀就能得到很大的樂趣，間接點出此本的主要用途——閱讀。筆者知見有多部。[76]

此版本有一特殊印本，是上海周月記機器印書處代影照印本，筆者知見兩部，中國國家圖書館藏（存十一集）、大阪大學懷德堂文庫藏。國圖藏本內封「引鳳樓拍正第一集／驚鴻閣印行」等文

74　清‧七生生：〈跋〉，《繪圖綴白裘》（北京：中國國家圖書館藏光緒二十一年上海書局石印本），跋頁 1。

75　石印本系列本子賓白句讀圈點並非全面性的，僅部分選齣有，主要是地方白。

76　中國國家圖書館、首都圖書館、南京圖書館（兩部，一部全，一部存 10 冊）、湖南圖書館（存 5 冊）、蘇州圖書館（兩部，一部全，一部存 2 冊）、吳江圖書館、天津圖書館、吉林市圖書館、北京大學圖書館、中國人民大學圖書館、吉林大學圖書館、吉林師範大學圖書館、黑龍江大學圖書館、蘇州大學圖書館、哈爾濱師範大學圖書館、臺灣大學圖書館（兩部，一部全，一部存 6 冊）、日本九州大學圖書館六本松分館濱文庫、日本大阪大學懷德堂文庫藏，並有多部私人藏。

字，[77]似乎是曲社出資印行；又，雖標榜曲社拍正，但是並沒有點板沒有工尺。

此版本還有光緒三十四年（1908）萃香社重印本，書末〈跋〉字體由隸書改為正楷。筆者知見有多部。[78]

2.光緒戊申（三十四年）《改良全圖綴白裘十二集全傳》

目錄、插圖、正文與光緒二十一年本全同。書衣題簽「最新改良全圖綴白裘十二集全傳／上海啟新書局發行」，內封「改良全圖綴白裘十二集全傳」，牌記「老北門內元和里／上海廣雅書局印行／二弄第七十六號」。書首有程大衡〈繪圖綴白裘合集序〉、郭維瑄〈序〉，兩篇序文的字體是重新寫印的，與光緒二十一年版不同。其後有夢簪生〈跋〉，說明出版緣起：

> 惜板經屢印，字跡模糊，不足快閱者目。萃香閣主人今用石印，縮成袖珍本。斟勘詳審，無辛羊帝虎之偽，科白詞襯，

77　其他各集分別是：過雲閣鑑定第二集／留月軒印行、夢蝶齋賞玩第三集／驚鴻軒印行、諧玉室清賞第四集／譜牙廎印行、詠霓軒校訂第五集／鑽星樓付梓、別鵠山房譜正第六集／吟龍仙館印行、飛燕樓品定第七集／別鵠廎印行、竹韻園選訂第八集／玉振軒印行、剪雨軒賞正第十集／截煙齋付印、吹月臺訂正第十一集／延露榭付印、停雲吟館鑒定第十二集／留月精舍印行。第九集佚。這些所謂「校訂者」與「印行者」名稱同質性高；愚意以為，整套書分別由十多個組織印行出版的可能性極小，應是同一個雅嗜崑劇的組織主事。

78　中國國家圖書館、首都圖書館（兩部）、南京圖書館、浙江圖書館、蘇州圖書館（存6冊）、湖南圖書館（存6冊）、北京師範大學圖書館、南京大學圖書館（兩部）、山東大學圖書館、瀋陽師範大學圖書館、廈門大學圖書館、美國耶魯大學東亞圖書館，並有多部私人藏。

並以圈點分析句讀，使樊素之清歌益便，而周郎之顧誤無
庸。置之芸窗棐几間，其為珍秘幾何矣！[79]

表述的內容和十三年前的七生生〈跋〉接近，但卻說是「萃香
閣主人」印製。或許「飛鴻閣主人」即「萃香閣主人」。筆者知見
有多部。[80]

3.民國三年（1914）上海知音社拍正本

目錄、插圖、正文與程大衡〈序〉與光緒三十四年本全同。內
封作「知音社社員拍正本／全圖綴白裘全集／上海知音社藏版」。
這個本子的插圖是縮小版，縮成原來的四分之一，也就是每半頁有
四張小圖。也標榜曲社拍正，但也沒有點板、工尺。筆者知見有多
部。[81]

4.民國四年（1915）上海富華圖書館本

79　清・夢鑣生：〈跋〉，《繪圖綴白裘》（北京：中國國家圖書館藏光緒三
　　十四年上海書局石印本），跋頁 1。

80　中國國家圖書館、首都圖書館、上海圖書館、天津圖書館、湖南圖書館、
　　遼寧圖書館、瀋陽圖書館、蘇州圖書館、吉林市圖書館、遼寧丹東市圖書
　　館、哈爾濱市圖書館、齊齊哈爾市圖書館、北京大學圖書館、北京清華大
　　學圖書館（存 6 冊）、香港大學圖書館、山東大學圖書館、吉林大學圖書
　　館、武漢大學圖書館、河南大學圖書館、中央研究院近代史研究所郭廷以
　　圖書館、臺灣故宮博物院圖書文獻館、政治大學圖書館、東吳大學圖書
　　館、日本東京大學東洋文化研究所倉石文庫、日本早稻田大學圖書館、日
　　本天理圖書館、日本東京外國語大學諸岡文庫、美國哈佛大學燕京圖書
　　館、美國耶魯大學東亞圖書館、法國里昂市立圖書館藏，並有多部私人
　　藏。

81　蘇州圖書館、遼寧圖書館、北京大學圖書館藏，並有多部私人藏。

內封、程〈序〉、郭〈序〉、目錄、插圖、正文與光緒三十四年本全同，牌記「民國四年上海／富華圖書館印／南昌戊子牌樓／點石齋發行所發行」。筆者知見有多部。[82]

5.民國十二年、民國十三年上海啓新書局石印本

書衣、內封、程〈序〉、郭〈序〉、目錄、插圖、正文與光緒三十四年本全同。牌記「中華民國十二（三）年春／上海啓新書局石印」。筆者知見有多部。[83]

四、金閶學耕堂改輯系統

高宗〈乙酉諭軍機大臣等令〉下不久，學耕堂鐫刊了一個寶仁堂「嫡系改輯本」。

說它是嫡系，首先因為的版式、行款、編排體例，以及目錄頁

---

[82] 首都圖書館、上海圖書館、南京圖書館、廣東中山圖書館、蘇州圖書館、遼寧圖書館、大連圖書館、北京師範大學圖書館、北京清華大學圖書館、復旦大學圖書館、浙江師範大學圖書館、武漢大學圖書館、鄭州大學圖書館、齊齊哈爾大學圖書館、政治大學圖書館、日本關西大學增田涉文庫（存6冊）、美國柏克萊加州大學東亞圖書館、美國密西根大學亞洲圖書館藏、美國耶魯大學東亞圖書館，並有多部私人藏。

[83] 中國國家圖書館、首都圖書館（三部）、南京圖書館、天津圖書館（三部）、遼寧圖書館、廣東中山圖書館、蘇州圖書館、哈爾濱市圖書館、遼寧鞍山市圖書館、復旦大學圖書館、北京大學圖書館、北京師範大學圖書館、吉林大學圖書館、武漢大學圖書館、浙江師範大學圖書館、瀋陽師範大學圖書館、哈爾濱師範大學圖書館、鄭州大學圖書館、廈門大學圖書館、日本九州大學石崎文庫、日本天理圖書館、日本同志社大學圖書館、日本愛知縣立大學長久手キャンパス圖書館、日本文教大學越谷圖書館藏，並有多部私人藏。

格式[84]與選齣版心用字[85]都按照寶仁堂的樣式鑴刻；其次，正文九成九以上同寶仁堂本。說它是改輯本，因其選齣有變動。

　　本系統跨越年代較短，從乾隆四十七年到道光十年，只有四五十年，生命力不如四教堂與集古堂共賞齋系統。原因有四，一是比其他本子少了十幾齣。其次，採用「以字名卷式」，翻檢不便。再次，品質每況愈下，最早的學耕堂本的紙墨印刷品質尚可，後來的博雅堂本、增利堂本差了些，再後來的可經閣本、重鑴增利堂本更差。第四，開本大小接近，沒有推陳出新。

（一）乾隆四十七年（1782）金閶學耕堂本

　　總內封右至左：乾隆四十七年校訂重鑴／綴白裘新集合編／四十八集集名／學耕堂梓行。各編內封：欄上「乾隆四十七年夏鑴」，右欄「內分□□□□四冊」，中間大字「綴白裘新集□

---

[84] 寶仁堂本的集目錄格式是：劇名、齣名各占一行。學耕堂本規仿其式，但卻有幾行是空白行，原因在於增刪選齣、調整選齣位置但卻沒有重新寫刻一份新的集目錄，變動處遂留下空白——這是該系統的版本特徵。

[85] 總目錄用字方面，寶仁堂本總目錄多簡字，如「荣」歸、「鴛」叙記、搧「坟」、「罗」漢、水「戰」、「篡」命、「断」橋，學耕堂本同。選齣版心用字方面，初編雨集《一捧雪・送杯》版心頁一作「杯」，頁二、三作「盃」；二編海集《玉簪記・秋江》的版心頁一到六作〈秋江送別〉，頁七作〈秋江〉；二編澄集《荊釵記・舟會》版心頁五作「会」，餘作「會」；三編祥集《鳴鳳記・辭閣》版心頁一至二作「辭閣」頁三至五作「辞閣」；四編鳴集《雙官誥・夜課》版心頁六作雙「冠」，餘為雙「官」；六編共集《慈悲願・認子》版心頁一作「愿」餘作「願」；六編樂集《盤陀山・羅夢》版心頁四作「夢」，餘為「梦」；九編含集《九蓮燈・求燈》版心頁十三、十四作「燈」頁十五作「灯」。這些差異是吾人辨別版本的根據。

編」，左下「金閶學耕堂梓行」。

在〈乙酉諭軍機大臣等令〉之後出版的學耕堂本，其因應做法是：

1.調整劇目

首先，刪去《牧羊記》的〈小逼〉、〈望鄉〉二齣。

其次，刪去「明季清初之事，有關涉清朝字句」的《鐵冠圖》〈詢圖〉〈探營〉〈借餉〉〈觀圖〉〈別母〉〈亂劍〉〈守門〉〈殺監〉〈刺虎〉〈夜樂〉十齣。

第三，刪去「南宋與金朝關涉詞曲」的《倒精忠》〈交印〉〈刺字〉〈獻金橋〉三齣。

第四，新增選齣：再次選刊長期盛演的《玉簪記・偷詩》以及《千金記・十面》，這兩齣錢德蒼曾選刊過，學耕堂本再次選刊，唯文字內容有很大的變動，當是新採錄的版本。又增加《宵光劍》的〈設計〉〈誤殺〉〈報信〉三齣，與寶仁堂選刊的《宵光劍》選齣串連起來，情節線變得更清晰。[86]

2.更改違礙語

寶仁堂本《亂彈腔・擋馬》【急口令】原作：「笑呵呵，笑呵呵，一心要做一個**滿州哥**……仔細思量起，再也不做這個**滿州哥**」，學耕堂遵照官方更訂的本子，改作「笑呵呵，笑呵呵，一心要做一個<u>**打喇哥**</u>……仔細思量起，再也不做這個<u>**打喇哥**</u>」。

---

[86] 學耕堂本新增的這五齣有可能是錢德蒼生前採錄修編、未經成集的遺稿。一般來說，不同編輯不同出版社採錄修編後的定稿給人的感覺或者說「調性」會有差異，然而筆者點校過程中，感覺其段落裁切、蘇白用字、表述推展之套式，與寶仁堂本有一致性。

　　不過《牧羊記・慶壽》與《亂彈腔・擋馬》中讓統治者尷尬的文字，比如前者的「<u>蠢茲戎虜</u>，屢寇邊城」，後者的「將俺失落<u>胡地</u>」、「來來往往都是<u>小韃子</u>，<u>番婆</u>懷抱着小嬰孩」、「遇着<u>胡兵</u>來戰敗」還是沒改。

3.剜改序署、地方戲腔調名稱

　　學耕堂本有李克明以及程大衡兩篇序，李〈序〉署剜改作「乾隆二十九年春月松陵李克明書於<u>學耕</u>書屋」。

　　至於地方戲的腔調名稱則有玄機。學耕堂本有甲、乙兩式，二者正文、曲牌或曲調名、版心腔調名稱都相同，差別只在總目錄的地方戲腔調名稱。甲式作「梆子腔」，乙式則作「崑弋腔」，乙式有剜改痕跡，是後刊的。筆者知見三部。[87]

（二）乾隆五十二年（1787）嘉興博雅堂本

　　此本據學耕堂本翻刻，總內封右至左：乾隆五十二年校訂重鐫／綴白裘新集合編／四十八集集名／嘉興博雅堂梓行。各編內封：欄上「乾隆丁未年夏鐫」，右欄「內分□□□□四冊」，中間大字「綴白裘新集□編」，左下「嘉興博雅堂梓行」。

　　學耕堂本選收《千金記・十面》，集目錄誤作《馬陵道・孫詐》，博雅堂本改正。除了少數幾個簡字，兩本同。總目錄的地方戲腔調名稱是甲式「梆子腔」。筆者知見有多部。[88]

---

[87] 一、中國國家圖書館藏本，目錄為甲式。該書第六編集目錄攙入四教堂目錄一頁。二、復旦大學圖書館藏本，目錄為乙式，遠峯舊藏。三、私人藏，目錄不詳。

[88] 中國國家圖書館（陳蘭新舊藏）、南京圖書館、日本東京大學文學部、韓國首爾大學圖書館藏，並有多部私人藏。

（三）乾隆五十二年嘉興增利堂本

　　乾隆五十二年，嘉興增利堂用博雅堂的書版刊行《綴白裘新集合編》，將各內封的「博雅」兩字剜改為「增利」，餘同。部分書板爛損嚴重無法印刷，以墨書補寫；部分本子第七、十一、十二編內封「增利」二字闕；部分本子沒有序文。總目錄的地方戲腔調名稱是甲式「梆子腔」。筆者知見有多部。**89**

（四）道光十年（1830）可經閣本

　　可經閣刊《綴白裘新集合編》，總內封與各編內封為匠體字。總內封由右至左：道光十年校訂重鐫／綴白裘新集合編／四十八集集名／可經閣藏版。各編內封：欄上「道光十年夏重鐫」，右欄「內分□□□□四冊」，中間大字「綴白裘新集□編」。第一冊有程大衡與沈瀛兩篇序，錯簡，第二編以後沒有序，有幾編沒有插圖，正文是用學耕堂書板重鐫。總目錄的地方戲腔調名稱是乙式「崑弋腔」。這個本子最特殊的地方是，原學耕堂本的地方戲版心題「梆子腔、亂彈腔、高腔、西秦腔」者，全部改作「崑弋腔」，但是版心原題劇名者（孽海記、青塚記、快活林、清風亭、何文秀、蜈蚣嶺、淤泥河），照舊。筆者知見一部。**90**

（五）道光十年土洋華德堂嘉興吟樨山房本

　　土洋華德堂嘉興吟樨山房刊《綴白裘新集合編》，總內封與各

89　中國國家圖書館、中國藝術研究院戲曲研究所、復旦大學圖書館、美國柏克萊加州大學東亞圖書館藏，並有多部私人藏。

90　中國國家圖書館藏。

編內封為匠體字，由右至左：道光十年校訂重鐫　土洋華德堂梓／綴白裘新集合編／四十八集集名。各編內封：欄上「道光十年夏重鐫」，右欄「內分□□□□四冊」，中間大字「綴白裘新集□編」，左下「嘉興吟樨山房梓行」。筆者初步判斷是用本系統前人的舊書版印刷。其四節版總目錄有格線，是雕版印刷後再用墨筆增劃上去的；各編末以墨筆寫下該編選齣數量。總目錄的地方戲腔調名稱是乙式「崑弋腔」。筆者知見一部。[91]

（六）道光十年重鐫嘉興增利堂本

不知名書坊刊《綴白裘新集合編》，是由「道光十年」總內封加上乾隆五十二年嘉興增利堂本所構成。總內封由右至左：道光十年校訂重鐫／綴白裘新集合編／四十八集集名。總內封為匠體字，與上述道光十年可經閣本的款式接近。筆者知見一部。[92]

最後，說明地方戲聲腔腔調的問題。

前文已及，四教堂與集古堂共賞齋系統的地方戲正文、曲牌或曲調名、版心腔調名稱均同寶仁堂本，但第六集目錄頁統一改作「梆子腔」。我們必須清楚認識到，這是官方更改的，不是地方戲聲腔腔調改唱或演變的實際情形，無關乎其歷時性變化。該系統後來的光緒後期諸石印本之地方戲腔調名稱，與最早的官方更訂本全同，也只是照樣刊印，並非反映出版當時（光緒後期）演唱的實際情況。

再說到學耕堂系統。首先，學耕堂本乙式「崑弋腔」係剜改後

---

[91] 蘇州大學圖書館藏，存一到四編。五到十二編闕，內文地方戲題稱不明。

[92] 蘇州大學圖書館藏。

出；其次，道光十年可經閣本目錄頁地方戲腔調名稱全作「崑弋腔」，版心原題「梆子腔、亂彈腔、高腔、西秦腔」者也全都改作「崑弋腔」，但原題劇名者照舊。學耕堂系統諸版本的改變，跟出版當時地方戲聲腔腔調有關係嗎？沒有。這七十幾齣（段）地方戲的曲文、曲牌或曲調名都跟寶仁堂本相同，一字未改──在一字未改的情況下改唱崑腔、弋腔或崑弋腔，實在難以想像。退一步說，如果出版當時這些地方戲的聲腔腔調果真出現了變動，不到幾年後的博雅堂本以及增利堂本又通通改唱回去，可能性微乎其微。再者，地方戲以外的四百二、三十齣崑腔也有可能改唱弋腔、崑弋腔，為什麼都沒有更改沒有標示呢？至於可經閣本，若是如目錄所載全部改唱崑弋腔，同前述理由不成立；若是如版心所題，寶仁堂本版心原題聲腔腔調者改唱崑弋腔，而原題劇名者卻不改唱，毫無可能。

據《欽定大清會典事例》載：

> 乾隆五十年議準，嗣後城外戲班，除崑、弋兩腔仍聽其演唱外，其秦腔戲班，交步軍統領五城出示禁止；現在本班戲子概令改歸崑、弋兩腔。如不願者，聽其另謀生理。倘於怙惡不遵者，交該衙門查拿懲治，遞解回籍。[93]

這些本子之所以會題「崑弋腔」，是乾隆五十年後因應官方政策而改的。總而言之，乾隆四十一年錢德蒼編定《綴白裘》，該書

---

[93]　清・崑岡等修、劉啟端等纂《欽定大清會典事例》，收入《續修四庫全書》史部政書類卷 1039 都察院，v.812，頁 425。

地方戲的腔調與劇種就此定格在這一年。四教堂與集古堂共賞齋系統目錄上的題稱是官方更改的，學耕堂系統乙式「崑弋腔」也是因應官方政策改的，並不是由錢德蒼這樣遊歷各地、熟悉劇壇生態、了解地方戲演出情況的戲曲行家修訂的。清中葉之後，常見舞台崑亂同台，演員崑亂不擋，演出本崑亂相雜，這種情形並沒有反映到寶仁堂本之後任何版本的正文，錢德蒼之後其他系統的編輯出版者無意也無力反映當時改唱的情形，切不能用來討論其歷時性變化。吾人討論《綴白裘》地方戲聲腔腔調與劇種，要以寶仁堂本以及正文如實翻印的鴻文堂本為依據。

五、合綴本系統

　　合綴本是由多個不同的版本的卷冊，或由多個不同版本的零散書頁組合成。它們的「誕生」年代不明，僅能推測必定在內封鐫年最晚者之後；裒集者是書坊、愛書人或藏書家也無法考證。傳世數量不明，筆者知見有三種：

1.北京大學索書號 SB/812.08/8324.6 合綴本

　　由多個不同版本的零散書頁組合成，計四十七冊，筆者推測《二編‧澄集》佚失了。首冊內封由右至左「內分十二集／重訂綴白裘全編／桂月樓梓行」，其他各冊內封分別用乾隆三十五年春金閶寶仁堂、乾隆丁未夏嘉興增利堂、乾隆四十七年夏金閶學耕堂、嘉慶甲子武林三雅堂、乾隆丁未年夏嘉興博雅堂、乾隆三十九夏寶仁堂等，洋洋大觀。選齣既有四教堂與集古堂共賞齋系統的書頁，也有學耕堂系統的。全部選收劇目是寶仁堂第五階段的十二編本加學耕堂本的聯集減掉《鳴鳳記‧寫本》、《繡襦記》〈墜鞭〉〈入

院〉、《西廂記》〈惠明〉〈佳期〉、《十五貫》〈見都〉〈訪鼠測字〉、《孽海記‧思凡》、《荊釵記》〈見娘〉〈舟會〉，以上各齣疑收於佚失冊；另外，還少了《鐵冠圖》〈探營〉〈詢圖〉〈觀圖〉〈夜樂〉四齣，這四齣若不是在佚失冊，那麼就是基於內容敏感刻意不收。

2.北京大學索書號 SB/812.08/8324.7 合綴本

《初集》到《三集》是乾隆四十六年四教堂的本子，《五編》到《十二編》是乾隆五十二年嘉興增利堂本。以上十一集／編，筆者初步判斷是由不同版本的卷冊合綴而成。四集較複雜，內封用乾隆四十六年四教堂本，正文可能是由四教堂本與增利堂本零散書頁合綴。

3.日本東京大學東洋文化研究所合綴本

由兩個不同版本之卷冊合綴而成，初集是乾隆二十九年寶仁堂本，二集以下是乾隆四十六年至四十七年集古堂共賞齋本。[94]

六、重組本系統

重組本系統是「無意的巧合」與「刻意的巧思」加合之產品。

「無意的巧合」說的是寶仁堂第二階段起，選齣正文一律從書頁首行開始，一個個選齣各自獨立，可以隨意變化組合，不限於原來的排列次序。鴻文堂本與學耕堂本和寶仁堂本相同，四教堂與集古堂共賞齋本有少數選齣例外，但絕大多數的選齣也是各自獨立。

94　筆者頗疑臺灣學生書局《善本戲曲叢刊》第五輯的《綴白裘附錄》是據東京大學這個合綴本的《初編》景印，惜迄今無緣寓目，待比對。

也就是說，理論上這四個系統的選齣都可隨意變化重組。

　　前文提到，錢德蒼編選時有考慮到串本演法，以上幾個系統的本子同一劇作的選齣大多是分散在不同集、卷，要演串本的時候，翻找非常麻煩。比如說《金印記》的首齣〈逼釵〉在第七集，次齣〈不第〉在第三集，末齣〈封贈〉則又跳回第一集。這麼一大套書跨集跳來跳去，委實不便。有巧思的人利用一齣一齣各自獨立可拆可組的特性，按照劇情先後重組成串本式的《綴白裘》，不但方便劇場的演員與觀眾，還能提供書齋案頭的讀者一氣呵成的閱讀享受。筆者知見有兩種：

1.闕名組十六冊重組本

　　北京中華書局出版的汪協如點校本《綴白裘》之〈校讀後記〉記載這部書，十六冊，有程大衡〈序〉與李克明〈序〉。[95]可惜汪協如女士沒有記載封面、選收劇目等資訊。下落待訪。

2.桂月樓二十冊重組本

　　第一冊有內封，由右至左「內分十二集／重訂綴白裘全編／桂月樓梓行」。書首有程大衡〈序〉以及玉帝四仙金蟾圖，無目錄。筆者判斷是以四教堂與集古堂共賞齋系統的本子重組。釐為二十冊，和其他版本或四十八冊、或二十四冊、或十二冊不同。

　　二十冊俱無冊碼，有書名頁有插圖的是第一冊，這是肯定的，其他十九冊筆者逐予編碼。重組本的情況是：

　　第一冊是《牧羊記》《雙冠誥》二劇的選齣，計十五齣。

95　汪協如：〈校讀後記〉《綴白裘》（北京：中華書局，2005 年），第六　　冊，〈校讀後記〉頁 1、3。

第二冊是《琵琶記》專輯，[96]二十六齣。

第三冊為《荊釵記》專輯，十九齣。

第四冊《西廂記》、《黨人碑》、《釵釧記》、《尋親記‧前索》，計二十六齣。

第五冊《尋親記‧遣青》等十齣，並有《後尋親》、《繡襦記》，以及《連環記‧賜環》等四齣，計二十八齣。

第六冊接著《連環記‧拜月》等五齣，並有《鳴鳳記》，計十四齣。

第七冊《牡丹亭》、《白羅衫》、《一文錢》、《義俠記》，計二十四齣。

第八冊《占花魁》、《水滸記》，計十三齣。

第九冊《鐵冠圖》、《白兔記》、《翠屏山》、《爛柯山》，計二十九齣。

第十冊《長生殿》、《衣珠記》、《金鎖記》、《翡翠園》，計三十三齣。

第十一冊《兒孫福》、《浣紗記》、《紅梨記》，計二十三齣。

第十二冊《永團圓》、《雙珠記》、《三國志》、《西川

---

[96] 舞台型散齣選本將《琵琶記》選齣集中在一起成為「琵琶記專輯」，最早見明萬曆二十七年（1599）黃文華選輯的《樂府玉樹英》，後來的萬曆三十五年（1607）程萬里與朱鼎臣與葆和等編《大明春》、萬曆三十九年（1611）龔正我編《摘錦奇音》模仿黃文華的作法。其源起與原因見黃婉儀：〈隱身的總舵手──明清舞台型散齣選本的編輯〉，《全球化年代的在地展演　2016NTU 劇場國際學術研討會》會議論文集（上）（臺北：臺灣大學戲劇系暨研究所，2016 年 10 月），頁 153-154。

圖》、《宵光劍》、《八義記》，計三十齣。

　　第十三冊《蝴蝶夢》、《十五貫》、《千鍾祿》、《風箏誤》、《邯鄲夢》，計二十七齣。

　　第十四冊《躍鯉記》、《香囊記》、《葛衣記》、《療妒羹》、《艷雲亭》、《人獸關》、《風雲會・送京》、《吉慶圖》、《麒麟閣》、《雷峰塔》、《紅梅記》、《盤陀山》、《獅吼記》、《祝髮記》、《玉簪記》，計二十七齣。

　　第十五冊《孽海記》、《萬里圓》、《金雀記》、《幽閨記》、《滿床笏》、《安天會》、《綵樓記》、《義俠記》，計十九齣。

　　第十六冊《醉菩提》、《漁家樂》、《金印記》、《虎囊彈》、〈花鼓〉、〈借靴〉、《焚香記》、《鮫綃記》，計二十齣。

　　第十七冊《精忠記》、《四節記》、《昊天塔》、《雁翎甲》、《清忠譜》、《鸞釵記》、《鮫綃記》、《百順記》、《西樓記》、《慈悲願》、《九蓮燈》，計二十七齣。

　　第十八冊〈小妹子〉、《萬里圓》、《風雲會・訪普》、〈賞雪〉、《金貂記》、《望湖亭》、《節孝記》、《青塚記》、《倒精忠》、《彩毫記》、《千金記》、《一捧雪》，計二十九齣。

　　第十九冊是〈請師〉等地方戲三十齣。

　　第二十冊是〈上街〉等地方戲三十一齣。[97]筆者知見一部。[98]

---

[97]　補充說明，《牧羊記》、《琵琶記》、《鳴鳳記》、《牡丹亭》、《白羅衫》、《水滸記》、《鐵冠圖》、《紅梨記》、《萬里圓》、《幽閨記》、《千金記》等劇有一兩齣先後次序放錯了，與原作的劇情不同。

結　語

　　清乾隆年間，錢德蒼與後繼者寶仁堂編輯歷經十三年，五個出版階段，編刊舞台型散齣選本《綴白裘》，前後裒集五百二十二個選齣。

　　這本書在崑劇折戲風華正茂的時代引領風騷，雅音沒落後，它被改造成閱讀本，伴隨雅嗜戲曲的文藝愛好者。時至今日，其影響力仍未消泯，戲曲學者利用它研究當時舞台演出的情況，修編剪裁的手法，腳色行當的變改……《綴白裘》無疑是史上影響最深遠、運用最廣泛的戲曲選本。之所以有如此獨特的地位，是「編輯策略」、「政治介入」、「商業出版」三股應力耦合而成。

　　編輯策略方面，錢德蒼慧心設計「仿擬演出流程」的編排體例；敏銳地掌握流行劇碼；選收新芽初發的地方戲，貼近當時的劇壇實況，即時反映，即時調整；大力採錄修編，使之成為合理、細膩、精緻的台本；提供摘演單齣與串本兩種演法等，打下強大基礎，建立品牌特質。基礎穩固之後，一方面補充增選，充實內容，一方面抽棄可能觸犯政治禁忌的違礙選齣。

　　乾隆四十六年，《綴白裘》遭到官方「更訂」，抽掣違禁劇目，更改違礙語、劇名、地方戲腔調名稱。這是它生命史中既不幸卻又幸運的一段，不幸的是，遭到政治的介入，打上了政治馬賽

　　另，《義俠記》、《連環記》等劇的選齣並未集中到同一冊。詳細情況請參考筆者撰寫的〈重組的孤本──蘇州大學藏《重訂綴白裘全編》〉這篇論文。

98　蘇州大學圖書館藏。

克，稍損原貌；幸運的是，得到官方的認證，書坊依式刊賣，劇團照樣施用，從此市佔率大為擴張，再無其他選本可奪席而代之。

　　出版方面，先有錢德蒼寶仁堂第二階段重新雕版，使版面疏朗，手持輕鬆。其後，鴻文堂翻刻盜版，延伸行銷據點，推波助瀾。其後，四教堂與集古堂共賞齋系統改用簡單明瞭的「以數分卷式」，刊行便於舟車攜帶的巾箱本。其後，飛鴻閣主人用西方的石印法大量發行，滿足閱讀的需求，在雅音沒落時續延一脈馨香。同時，還有令人愛不忍釋的袖珍本，及流通量或許寡少，卻是由曲社具名推薦的所謂「拍正本」。悠長的歷史中，還出現配合串本演法與一氣呵成閱讀享受的「重組本」。書坊主們一棒接一棒，推陳出新，與時俱進，滿足不同年代的戲曲愛好者。

凡　例

壹：本書旨在彙集錢德蒼編《綴白裘》各階段刊行本之選齣、序
　　跋，以及後續於其基礎上刊行的改輯本之選齣、序跋，在尊重
　　底本的原則上進行校勘、編排及相關說明，提供讀者通暢可讀
　　的校訂本。本書選齣正文次序以保持錢德蒼寶仁堂十二編的面
　　目為優先考量，入選時間次之。首先是寶仁堂第一階段選刊，
　　後未選入最終十二編者，計二十三齣。其後是寶仁堂第二到四
　　階段選收的四百九十七齣。其後是第五階段增選者，計兩齣。
　　最後是學耕堂改輯系統增選者，計三齣。本書選齣之劇名、齣
　　名優先依諸底本正文所題，其次是版心所題。序跋文次序以時
　　間先後為原則。

貳：本書選齣正文、序跋文之底本

　一、寶仁堂第一階段選收，後未入十二編的二十三齣，迻錄乾隆
　　　二十九年《綴白裘新集初編》、乾隆三十二年刊行的一到四
　　　編合刊本、乾隆三十六年《綴白裘新集七編》、《綴白裘新
　　　集八編》原文。

　二、寶仁堂第二到四階段選收的四百九十七齣，底本為：乾隆三
　　　十五年一到六編合刊本、乾隆三十七年《綴白裘新集九
　　　編》、《綴白裘新集十編》、乾隆三十九年《綴白裘外編十
　　　一集》、《綴白裘補編十二集》（以上寶仁堂本）、乾隆三
　　　十九年《重訂崑腔綴白裘七編》、《重訂崑腔綴白裘八編》
　　　（以上鴻文堂本）。

三、寶仁堂第五階段增選的《紅梨記‧賞燈》迻錄乾隆四十一年寶仁堂十二編合刊本原文，《兒孫福‧宴會》迻錄乾隆四十六年至四十七年集古堂共賞齋《重訂綴白裘全編》原文。學耕堂系統增選的《宵光劍》〈設計〉〈誤殺〉〈報信〉三齣，迻錄乾隆四十七年學耕堂《綴白裘新集合編》原文。

四、寶仁堂刊行本的所有序文為底本，識語迻錄原文；其他版本系統後增之序跋文迻錄原文。

叁：本書點校原則

一、底本易於辨別的訛字、異體字、簡體字、俗字、真人名、地名、曲牌名等，凡於文意無礙者逕改，不出校記。當時通行且具有時代特徵的簡體字、同音通借字（如「多」（都）、「每」（們）等），一字多體且均通行者（如「嬌」與「姣」）仍依底本。蘇白、揚州白、山話、句容聲口等，保有地方色彩與時代特徵，是《綴白裘》的特色，僅更正訛字，餘仍其舊。底本文字作重疊號處一律翻作正文。

二、選齣正文參校本有三類：一是四教堂與集古堂共賞齋系統與學耕堂改輯系統的本子，二是劇作，三是收有同齣的戲曲散齣選本或度曲譜。寶仁堂第一階段選收，後未入十二編的《玉簪記‧偷詩》與《千金記‧十面》兩齣，學耕堂本又選入，故以乾隆四十七年學耕堂本為參校本比勘。第二到第四階段的十二編合刊本的四百九十七齣以乾隆四十六年至四十七年集古堂共賞齋本、乾隆四十七年學耕堂本為參校本比勘。若參校本改底本訛字、異體、簡字、俗字、同音通借字等，不出校記；若參校本改動底本文字則出校記。曲文文意不通、缺字漏句、訛字，則以劇作或收有同齣的散齣選本或

度曲譜參校並出校記。校改字詞，於該字詞後標出校碼；校改一句或若干句，於標點符號後標出校碼。

三、寶仁堂刊行本的所有序文以鴻文堂翻刻系統、四教堂與集古堂共賞齋系統、學耕堂改輯系統的本子為參校本比對，文字不同出校記。序文文字是諸版本最大、最容易辨識的差別，本書校記可供藏家、收藏單位作為判定版本之參考。

四、曲文文意和格律俱可通者，從格律；按格律不通者，從文意。曲文正襯字依舊。

五、賓白按文意斷句。

六、底本腳色名目與曲牌名位置不一，在不損害文意前提下調整位置。底本腳色名目遺漏者，補入並出校記；錯誤者，更改並出校記。簡略難詳者，完整寫出，不出校記，如〈打麪缸〉有付扮演書吏，底本原作「付吏」，本書作「付扮書吏」；《燕子箋‧狗洞》的「門」，本書作「門官」；《西廂記‧長亭》的「老旦車」，本書作「老旦扮車伕」。

七、各齣齣首依出場序註明腳色飾演的人物，為免瑣碎，沒有台詞沒有戲劇行動的隨從、侍衛、婢女等不予註明。

肆：本書按語內容

一、首先指出該齣出處，或說明該齣主體情節、曲文與何版本劇作之何齣（折）接近，間及與劇作之重大差異。

二、其次列舉選刊該齣，或選刊類似情節的坊刻散齣選本，或選抄該齣的散齣鈔本。若各選本文字有重大或值得深究的差異，略加整理說明，提供高明酌識。

三、寶仁堂第一階段選刊，後未選入十二編之選齣，說明其選刊情形。

綴白裘新集序

李克明

　　嘗觀宇宙之間，六合之內，人生一大戲場耳。其中否泰窮通，悲歡離合，雖聖賢不肖，焉克踰之？然同是人也，而善惡邪正，形如冰炭，色若墨硃，其可遁情哉。聖人作《春秋》，褒貶賢愚；後人工傳奇，優劣善惡。則劇之來，始由優孟之感楚王，繼因緡綽之奉天寶，夙日隆矣，於此益盛。

　　玩花主人所編《綴白裘》，廣蒐博採，羅如綺繡，非僅悅人心目，深可醒豁後起，豈與艷史淫詞、踰人蕩檢者同例語也！第其中去取損益，猶未盡美。乾隆癸未夏，有錢子沛思，刪繁補漏，循其舊而復綴其新，欲證當世之知音者。向予索序，以付梨棗，隨閱而玩之。辭調雖不類於詩歌，意旨固自殊乎〈雅〉、〈頌〉，其所以感發懲創，似可與篇章《三百》異道同歸也。是編未出，天下之明詞曲者有之，不明詞曲亦有之；是編復出，天下明詞曲者益明，即不明詞曲者，亦可得而漸明矣！優人藉以善其技，學士假以擴其懷。謂為明劇編固可也，謂為明詞編亦可也。因從其請，書此以序於端。

　　乾隆二十九年春月松陵李克明書於寶仁書屋[1]

---

[1]　鴻文堂第三階段翻刻本作「鴻文書屋」。學耕堂改輯系統、嘉慶十五年五柳居本、道光十年重鐫嘉興增利堂本作「學耕書屋」。

本文底本：乾隆二十九年寶仁堂本第一編

本文刊於以下傳世本之首：

乾隆二十九年寶仁堂本第一編單行本

乾隆三十二年寶仁堂本四編合刊本第一編

乾隆三十五年～三十九年鴻文堂第一階段翻刻本第一編

乾隆四十二年左右鴻文堂第二階段翻刻本第一編

乾隆四十二年左右鴻文堂第三階段翻刻本第一編

乾隆四十七年學耕堂本第一編

乾隆五十二年博雅堂本第一編

乾隆五十二年增利堂本第一編

嘉慶十五年年五柳居本第一編

道光十年重鐫嘉興增利堂本第一編

綴白裘二集序

李宸

　　古人云：「人生如戲，聚散無常；富貴功名，撒手便假。」堪嘆舉世營營，終其身轕鎖於其間，豈不怪哉？《金剛經》上有曰：「如夢幻泡影，如電復如露。」正警人勿錯認真耳！所以古人秉燭夜遊，坐花醉月，慨光陰之有限，娛*¹情致于當躬，良有以也。

　　玩花主人編《綴白裘集》，彙已往*²之傳奇，悅世人之心目，意取百狐之腋，聚而成裘，咸歎置人於春風和靄中矣！第玉顯珠埋，漏遺可惜。寶仁主人步武前哲，續出新奇，名曰《二集》。披覽之，殊覺後來者之勝於先者多矣，今而後可以謂《白裘》全璧。是為序。*³

　　乾隆甲申季冬松陵李宸玉亭氏書於崇德書院*⁴

1　四教堂與集古堂共賞齋系統中的石印本系列本子作「歌」。

2　道光三年共賞齋巾箱本作「經」。

3　自「寶仁主人」至「是為序」，四教堂與集古堂共賞齋系統的本子作「寶仁主人步武前哲，續出《二集》。披覽之，覺後來之勝於前也」。該系統中的道光三年共賞齋巾箱本後二句作「披覽之，覺後來之勝於前者多矣」。

4　四教堂與集古堂共賞齋系統的本子作「甲申季冬松陵李宸序」。

本文底本：乾隆三十二年寶仁堂四編合刊本

本文刊於以下傳世本之首：
乾隆二十九年寶仁堂本第二編單行本
乾隆三十二年寶仁堂四編合刊本第二編
乾隆三十五年寶仁堂六編合刊本第二編
乾隆三十五年～三十九年鴻文堂第一階段翻刻本第二編
乾隆三十六年寶仁堂八編合刊本第二編
乾隆四十一年寶仁堂十二編合刊本第二編
乾隆四十二年左右鴻文堂第二階段翻刻本第二編
乾隆四十二年左右鴻文堂第三階段翻刻本第二編
乾隆四十六年四教堂本第二集
乾隆四十六年至四十七年集古堂共賞齋本第二集
乾隆四十六年共賞齋本第二集
乾隆四十七年學耕堂本第二編
乾隆五十二年博雅堂本第二編
乾隆五十二年增利堂本第二編
嘉慶十八年集古堂本第二集
道光三年共賞齋巾箱本第二集
同治十年藻文堂本第二集
光緒二十一年上海書局石印本第二集
光緒二十一年上海城內周月記機器印書處代影照印本第二集
光緒三十四年萃香社石印本第二集
光緒三十四年上海啟新書局、廣雅書局石印本第二集
民國三年上海知音社社員拍正本第二集

民國四年上海富華圖書館本第二集
民國十二年上海啟新書局石印本第二集

綴白裘三集序

許仁緒

　　唐人多以絕句為樂府，往往甫經脫稿，即已被之管絃。觀旗亭畫壁，而「黃河遠上」遂為千秋佳話。迄乎元代，倚[1]聲按譜，而樂府乃有專家矣。

　　錢君沛思，先有《綴白裘》一、二集之輯，以公同好，今復拾翠採芳，彙為《三集》。艷而不蕩[2]，婉而多風，衣冠啼笑，足使觀者無端。從此清樽[3]檀板，一曲凌雲，酒旗歌扇之間，不益[4]傳盛事於將來也哉？

　　時乾隆丙戌花誕日元和許仁緒書於寶仁書屋[5]

本文底本：乾隆三十二年寶仁堂四編合刊本

1　四教堂與集古堂共賞齋系統中的石印本系列本子作「依」。
2　道光三年共賞齋巾箱本作「蕩」。
3　底本作「尊」，參酌文意改。
4　四教堂與集古堂共賞齋系統的本子作「亦」。
5　鴻文堂第一階段翻刻本作「乾隆庚寅花誕日」。四教堂與集古堂共賞齋系統的本子作「乾隆丙戌花朝日元和許仁緒書」。

本文刊於以下傳世本之首：

乾隆三十一年寶仁堂第三編單行本

乾隆三十二年寶仁堂四編合刊本第三編

乾隆三十五年寶仁堂六編合刊本第三編

乾隆三十五年～三十九年鴻文堂第一階段翻刻本第三編

乾隆三十六年寶仁堂八編合刊本第三編

乾隆四十二年左右鴻文堂第二階段翻刻本第三編

乾隆四十二年左右鴻文堂第三階段翻刻本第三編

乾隆四十六年四教堂本第三集

乾隆四十六年至四十七年集古堂共賞齋本第三集

乾隆四十六年共賞齋本第三集

乾隆四十七年學耕堂本第三編

乾隆五十二年博雅堂本第三編

乾隆五十二年增利堂本第三編

嘉慶十八年集古堂本第三集

道光三年共賞齋巾箱本第三集

同治十年藻文堂本第三集

光緒二十一年上海書局石印本第三集

光緒二十一年上海城內周月記機器印書處代影照印本第三集

光緒三十四年萃香社石印本第三集

光緒三十四年上海啟新書局、廣雅書局石印本第三集

民國三年上海知音社社員拍正本第三集

民國四年上海富華圖書館本第三集

民國十二年上海啟新書局石印本第三集

綴白裘四集序

陸伯焜

　　僕浪跡蘇臺，跌宕歡場，寄情風月，每酒旗歌板之間，扇影衣香之側，淺斟低唱，選伎徵歌；迴風飛雪之舞，遏雲繞梁之音，未嘗不目眩情移，傾耳忘倦。

　　夫〈折揚〉、〈皇華〉，下里之曲，一經博雅之士，叶以宮商，被以絃管[1]，繁音縟節，不啻撫〈淥水〉，揚〈白雪〉，使人有望洋之思、觀止之歎焉。

　　錢子復輯《綴白裘四集》，[2]新聲逸調，不特梨園樂部奉為指南，抑亦鼓吹休明，激揚風俗之一助[3]也。

　　丙戌仲秋青浦陸伯焜書[4]

本文底本：乾隆三十二年寶仁堂四編合刊本

---

[1]　四教堂與集古堂共賞齋系統的本子作「管絃」。

[2]　四教堂與集古堂共賞齋系統，道光三年共賞齋巾箱本以外的本子作「錢子復輯是編」。

[3]　四教堂與集古堂共賞齋系統的本子作「端」。

[4]　四教堂與集古堂共賞齋系統，道光三年共賞齋巾箱本以外的本子作「丙戌仲秋青浦陸伯焜并書」。

本文刊於以下傳世本之首：

乾隆三十一年寶仁堂第四編單行本

乾隆三十二年寶仁堂四編合刊本第四編

乾隆三十五年寶仁堂六編合刊本第四編

乾隆三十五年～三十九年鴻文堂第一階段翻刻本第四編

乾隆三十六年寶仁堂八編合刊本第四編

乾隆四十二年左右鴻文堂第二階段翻刻本第四編

乾隆四十二年左右鴻文堂第三階段翻刻本第四編

乾隆四十六年四教堂本第四集

乾隆四十六年至四十七年集古堂共賞齋本第四集

乾隆四十六年共賞齋本第四集

乾隆四十七年學耕堂本第四編

乾隆五十二年博雅堂本第四編

乾隆五十二年增利堂本第四編

嘉慶十八年集古堂本第四集

道光三年共賞齋巾箱本第四集

同治十年藻文堂本第四集

光緒二十一年上海書局石印本第四集

光緒二十一年上海城內周月記機器印書處代影照印本第四集

光緒三十四年萃香社石印本第四集

光緒三十四年上海啟新書局、廣雅書局石印本第四集

民國三年上海知音社社員拍正本第四集

民國四年上海富華圖書館本第四集

民國十二年上海啟新書局石印本第四集

綴白裘五集序

沈璥

　　名存其舊,會善歌之繼聲;意取乎新,獲知音之嗣響。一轍源流,調五音而瀝液;屢經剞劂,踵[1]四集以傳神。雖無吐角含商之妙,亦擅振[2]聾發聵之靈。

　　惟茲編也,採掇群芳,詎嫌剿說;旁搜眾美,不患雷同。遣煩衷,則快讀一過;醒倦眼,則尋味無窮。播諸管絃,雅士咸稱雋逸;繪其笑貌,俗夫羨茲形容。至於步伐停勻,不外文章條理;情詞婉轉,方知曲調彌工。朗朗乎如聞江上琵琶,珊珊兮宛覿庭中窈窕。仿佛梨園續譜,依稀樂府遺音;非關養性之資,亦是陶情之助。故當別開生面,俾已往者未敢專美于前;獨闢精思,令將來者猶堪步塵於後。不必屢趨而屢下,何妨愈出而愈奇?於是慨當年〈白雪〉孤吟,因竊喜今日《白裘》多和云爾!

　　乾隆戊子仲夏朗亭沈璥書於綠蔭草堂[3]

1　道光三年共賞齋巾箱本沒有「踵」字。
2　底本作「披」,參酌文意改。
3　道光三年共賞齋巾箱本作「戊子仲夏朗亭沈璥書」。

本文底本：乾隆三十五年寶仁堂六編合刊本

本文刊於以下傳世本之首：

乾隆三十五年寶仁堂六編合刊本第五編

乾隆三十五年～三十九年鴻文堂第一階段翻刻本第五編

乾隆三十六年寶仁堂八編合刊本第五編

乾隆四十二年左右鴻文堂第二階段翻刻本第五編

乾隆四十二年左右鴻文堂第三階段翻刻本第五編

乾隆四十六年四教堂本第五集

乾隆四十六年至四十七年集古堂共賞齋本第五集

乾隆四十六年共賞齋本第五集

乾隆四十七年學耕堂本第五編

乾隆五十二年博雅堂本第五編

乾隆五十二年增利堂本第五編

嘉慶十八年集古堂本第五集

道光三年共賞齋巾箱本第五集

道光十年可經閣本第一冊

同治十年藻文堂本第五集

光緒二十一年上海書局石印本第五集

光緒二十一年上海城內周月記機器印書處代影照印本第五集

光緒三十四年萃香社石印本第五集

光緒三十四年上海啟新書局、廣雅書局石印本第五集

民國三年上海知音社社員拍正本第五集

民國四年上海富華圖書館本第五集

民國十二年上海啟新書局石印本第五集

新鐫綴白裘合集序[1]

程大衡

　　尤西堂以世界為小梨園，《廿一史》為一部傳奇，則大地豈非一戲場乎？原[2]夫忠孝節義流芳，陰邪奸險遺臭，其善惡殊途，不啻霄壤，乃派定生、旦、丑、淨作勢裝妖之脚色也。

　　人生富貴貧賤不同，夭壽窮通各異，然電光石火，終歸一夢，猶敷演悲歡離合，頃刻戲完之散場也。屈指勞生，應無百歲之期；名牽利縮，枉作千年之計。光陰彈指，玉走金飛，良辰美景無多，月夕花朝有限。莫惜追歡尋樂，何妨淺酌高歌？

　　憑今弔古，感慨多燕趙；尋宮數羽，世不乏周郎。玩月主人[3]向集《綴白裘》，錢子德蒼搜採復增輯，一而二，二而三，今則廣為六[4]。其中大排場，褒忠揚孝，實勉人為善去惡，濟世之良劑也；小結搆，梆子秧腔，乃一味插科打諢，警愚之木鐸也。雅艷豪雄，

1　寶仁堂系統、鴻文堂翻刻系統、學耕堂改輯系統的本子書口題「綴白裘總序」，四教堂與集古堂共賞齋系統作「總序」。

2　四教堂與集古堂共賞齋系統的本子，除道光三年共賞齋巾箱本外，沒有「原」字。

3　四教堂與集古堂共賞齋系統的本子，除道光三年共賞齋巾箱本外，作「玩花主人」。

4　乾隆三十六年寶仁堂八編合刊本作「八」。杜穎陶指出，乾隆三十八年寶仁堂十編合刊本作「十」、乾隆三十九年十二編合刊本作「十二」。四教堂與集古堂共賞齋系統、學耕堂改輯系統的本子作「十二」。

靡不悉備；南絃北板，各擅所長。擷翠尋芳，彙成全璧，既可怡情悅目，兼能善勸惡懲。雖梨園之小劇，若使西堂見之，亦必以此為一部《廿一史》也。故為敘。[5]

　　時乾隆庚寅季春[6]上浣永嘉程大衡書

本文底本：乾隆三十五年寶仁堂六編合刊本

本文刊於以下傳世本之首：
乾隆三十五年寶仁堂六編合刊本
乾隆三十六年寶仁堂八編合刊本
乾隆四十一年寶仁堂十二編合刊本
乾隆四十二年左右鴻文堂第二階段翻刻本
乾隆四十二年左右鴻文堂第三階段翻刻本
乾隆四十六年四教堂本
乾隆四十六年至四十七年集古堂共賞齋本
乾隆四十六年共賞齋本
乾隆四十七年學耕堂本
乾隆五十二年博雅堂本
乾隆五十二年增利堂本
嘉慶十五年五柳居本

---

[5]　四教堂與集古堂共賞齋系統的本子作「是為序」。
[6]　四教堂與集古堂共賞齋系統的本子作「春季」。

嘉慶十八年集古堂本
道光三年共賞齋巾箱本
道光十年可經閣本
道光十年土洋華德堂嘉興吟檞山房本
道光十年重鐫嘉興增利堂本
同治十年藻文堂本
光緒二十一年上海書局石印本
光緒二十一年上海城內周月記機器印書處代影照印本
光緒三十四年萃香社石印本
光緒三十四年上海啟新書局、廣雅書局石印本
民國三年上海知音社社員拍正本
民國四年上海富華圖書館本
民國十二年上海啟新書局石印本

綴白裘六集序

葉宗寶

　　詞之一體，由來舊矣，未有不登雅而斥俗，去粗而用精，每為文人學士所玩，不為庸夫愚婦所好也。若夫隨風氣為轉移，任人心所感發，詞既殊於古昔，歌亦遜於疇曩，非關〈陽春白雪〉，僅如〈下里巴人〉[1]，一時步趨，大抵皆然，亦安用剖剫為哉？醉侶山樵曰：「否，否！詞之可以演劇者，一以勉世，一以娛情，不必拘泥於精粗雅俗間也。」

　　余因披是編而閱之，知其類有二焉：一則叶律和聲，俱按宮商角徵，而音節不差；一則抑揚婉轉，佐以擊竹彈絲，而天籟自然。宜於文人學士者有之，宜於庸夫愚婦者亦有之，是誠有高下共賞之妙，較之《白裘》五集，頓覺改觀。則《六集》之舉，勢不容已。是為序。

　　時乾隆庚寅季春上浣桃塢葉宗寶書[2]

1　四教堂與集古堂共賞齋系統的本子作「下里巴音」。

2　四教堂與集古堂共賞齋系統的本子作「時乾隆歲次庚寅季春上浣桃塢葉宗寶題并書」。

本文底本：乾隆三十五年寶仁堂六編合刊本

本文刊於以下傳世本之首：
乾隆三十五年寶仁堂六編合刊本第六編
乾隆三十五年～三十九年鴻文堂第一階段翻刻本第六編
乾隆三十六年寶仁堂八編合刊本第六編
乾隆四十一年寶仁堂十二編合刊本第六編
乾隆四十二年左右鴻文堂第二階段翻刻本第六編
乾隆四十二年左右鴻文堂第三階段翻刻本第六編
乾隆四十六年四教堂本第六集
乾隆四十六年至四十七年集古堂共賞齋本第六集
乾隆四十六年共賞齋本第六集
乾隆四十七年學耕堂本第六編
乾隆五十二年博雅堂本第六編
乾隆五十二年增利堂本第六編
嘉慶十八年集古堂本第六集
道光三年共賞齋巾箱本第六集
同治十年藻文堂本第六集
光緒二十一年上海書局石印本第六集
光緒二十一年上海城內周月記機器印書處代影照印本第六集
光緒三十四年萃香社石印本第六集
光緒三十四年上海啟新書局、廣雅書局石印本第六集
民國三年上海知音社社員拍正本第六集
民國四年上海富華圖書館本第六集
民國十二年上海啟新書局石印本第六集

綴白裘七集序

朱祿建

　　錢君出《綴白裘七集》稿[1]，囑予一言以弁諸[2]首。

　　原夫今之詞曲有兩[3]：有案頭，有場上。案頭多務典[4]博、矜綺麗，而於節奏之高下，不盡叶也；鬬笋之緩急，未必調也；脚色之勞逸，弗之顧也。若場上則異是，雅俗兼收，濃淡相配，音韻諧暢，非深於劇者不能也。流水高山，知音安在？陽春白雪，顧曲伊誰？其所由來者[5]久矣。

　　今君每歲輯《白裘》一冊，已成六編。[6]其間節奏高下，鬬笋緩急，脚色勞逸，誠有深得乎場上之痛癢者！故每一集出，彼[7]梨園中無不奉為指南，無怪壟斷輩之圖利翻刻也。獨念君老矣，精力日益衰邁，安用勞神苦思，徒為賤丈夫作嫁衣哉？愧余素不工詞曲，非解人，聞繕本已付剞劂，聊誌數言以應君請，而亦以愧世之

1　四教堂與集古堂共賞齋系統的本子沒有「稿」字。

2　學耕堂改輯系統的本子作「其」。

3　四教堂與集古堂共賞齋系統的本子作「二」。

4　四教堂與集古堂共賞齋系統的本子作「曲」。

5　四教堂與集古堂共賞齋系統的本子沒有「者」字。

6　四教堂與集古堂共賞齋系統的本子作「錢君每歲輯《綴白裘》一冊，已成六集」。

7　四教堂與集古堂共賞齋系統的本子沒有「彼」字。

濫竽者之恬不知恥也。[8]

　辛卯夏日吳門朱祿建序[9]

本文底本：乾隆三十六年寶仁堂八編合刊本

本文刊於以下傳世本之首：
乾隆三十六年寶仁堂八編合刊本第七編
乾隆四十二年左右鴻文堂第二階段翻刻本第七編
乾隆四十六年四教堂本第七集
乾隆四十六年至四十七年集古堂共賞齋本第七集
乾隆四十六年共賞齋本第七集
乾隆四十七年學耕堂本第七編
乾隆五十二年博雅堂本第七編
乾隆五十二年增利堂本第七編
嘉慶十八年集古堂本第七集
道光三年共賞齋巾箱本第七集
同治十年藻文堂本第七集
光緒二十一年上海書局石印本第七集
光緒二十一年上海城內周月記機器印書處代影照印本第七集

8　自「故每一集出」至「恬不知恥也」，四教堂與集古堂共賞齋系統的本子
　　作「故每一集出，梨園中無不奉為指南，誠風騷之餘事也」。
9　四教堂與集古堂共賞齋系統的本子作「辛卯夏日朱祿建序」。

光緒三十四年萃香社石印本第七集

光緒三十四年上海啟新書局、廣雅書局石印本第七集

民國三年上海知音社社員拍正本第七集

民國四年上海富華圖書館本第七集

民國十二年上海啟新書局石印本第七集

求作〈綴白裘序〉啓

鏡心居士

　　茲當溽暑，綠暗朱明，足下錦棚碧簫，日與二三知己賦詩暢飲，不知曾一念我襢襪故人乎？僕年來生計蕭條，窮愁益甚，酒酣之際，博採時腔，聊以驅遣愁魔。偶付梓人，不意頗合時宜，稍得少覓錙銖，賴以餬口。今為友人翻刻，購[1]者稀而值頓減。昨於囊篋復檢得餘劇若干齣，雞肋可惜，再彙為七、八兩集。欲借鴻才巨筆，一言以弁諸首，倘蒙不吝珠璣，得以價增百倍，曷勝銘感！

答

蕉鹿山人

　　昨接來教，囑為《八集》敘。足下所輯六集，雖非新出己裁，然而搜羅去取，派列冷熱，亦頗費一番[2]心血。聞近為圖利小人翻刻，蠅頭頓減。竭自己之神思，資梟獍之饞腹，已不勝為君憤憒髮

1　底本作「搆」，參酌文意改。
2　底本作「翻」，參酌文意改。

指，何為再[3]有七、八集之舉焉？此僕之所未解也。大凡酒肉之交，見利則罔顧情理，猶娼妓孌童，財盡則疎無異。六集既翻，七、八何難再刻？吾子猶然娓娓甘作下車之馮婦，何愚戀若此哉！原稿歸璧，勿以簑蕘見吝為罪。

二文底本：乾隆三十六年寶仁堂八編合刊本

二文刊於：乾隆三十六年寶仁堂八編合刊本第八編之首

3　底本作「載」，參酌文意改。

綴白裘九集序

時元亮

　　《綴白裘》之行於世久矣，自《初集》以至《八集》，見者無不擊節嘆賞。[1]所以輯是編者，廣搜博採，嗣《八集》而踵起也。

　　夫自開闢以來，其為戲也多矣：巢[2]、許以天下戲；逄、比以軀命戲；蘇、張以口舌戲；孫、吳以戰陣戲；蕭、曹以功名戲；班、馬以筆墨戲。至若偃師之戲也以魚龍；陳平之戲也以傀儡；優孟之戲也以衣冠⋯⋯戲之功用大矣哉！孔子曰：「詩可以興，可以群，可以觀，可以怨。」[3]今舉賢奸忠佞，理亂興亡，彙而成編，其功不在《三百篇》下。

　　夫靡[4]詞艷曲，雖云導慾增悲，而鐵板銅喉，間足振聾起瞆。今錢君又編是集，余觀其所繕行本，真如百間之屋，[5]非一木之材；五侯之鯖[6]，非一雞之跖。其取精多而用物宏，不啻聚狐而取

1　四教堂與集古堂共賞齋系統的本子作「見者無不擊節」。

2　四教堂與集古堂共賞齋系統的本子作「彙」。

3　四教堂與集古堂共賞齋系統的本子作「詩可以興，可以觀，可以群，可以怨」。

4　四教堂與集古堂共賞齋系統的本子作「雍」。

5　四教堂與集古堂共賞齋系統的本子作「余觀其所繕本，具如百間之屋」。

6　底本作「腈」，參酌文意改。四教堂與集古堂共賞齋系統的本子作「晴」。

腋，故是書屢出，而其名終不可易。嗟乎！今日為古人寫照，他年看我輩登場。戲也，非戲也；[7]非戲也，無非戲也！展閱之餘，不禁拍案大叫曰：「君之編是集也，如積薪，後來者居上！」因書此以弁其端。[8]

　　時[9]乾隆壬辰榴月上浣時元亮書

本文底本：乾隆三十七年寶仁堂本

本文刊於以下傳世本之首：
乾隆三十七年寶仁堂本第九編
乾隆四十二年左右鴻文堂第二階段翻刻本第九編
乾隆四十二年左右鴻文堂第三階段翻刻本第九編
乾隆四十六年四教堂本第九集
乾隆四十六年至四十七年集古堂共賞齋本第九集
乾隆四十六年共賞齋本第九集
乾隆四十七年學耕堂本第九編
乾隆五十二年博雅堂本第九編
乾隆五十二年增利堂本第九編
嘉慶十八年集古堂本第九集

7　四教堂與集古堂共賞齋系統的本子作「年戲」。
8　四教堂與集古堂共賞齋系統的本子作「因書此於簡首也」。
9　四教堂與集古堂共賞齋系統的本子沒有「時」字。

道光三年共賞齋巾箱本第九集

同治十年藻文堂本第九集

光緒二十一年上海書局石印本第九集

光緒二十一年上海城內周月記機器印書處代影照印本第九集

光緒三十四年萃香社石印本第九集

光緒三十四年上海啟新書局、廣雅書局石印本第九集

民國三年上海知音社社員拍正本第九集

民國四年上海富華圖書館本第九集

民國十二年上海啟新書局石印本第九集

綴白裘十集序

朱鴻鈞

　　昔田文獻狐白裘於秦，夜走函谷，[1]人皆歸功於客，而不知綴裘者早與爭能也。增損失宜，何取乎綴？[2]連屬有痕，又何藉乎綴？惟統寸長尺短，悉成無縫天衣。斯藝奪化工，而所綴之數，抑亦盈千累萬矣[3]！顧十也者，數之成也，[4]綴底於十，已足該終始而畢騁其才。

　　古吳錢子沛思，擅場詞曲，向[5]輯《綴白裘》九集，遞刊行世，茲復踵成是編。其中示勸懲、娛耳目，與前編亦大略相似。而一種剪紅刻翠，翻陳出新處，實則自有別腸，洵所謂同工而異曲者！行[6]見繼九集而奏之，則片玉也，合九集而奏之，如貫珠也，奚止邁八闋而媲九成哉？

　　吁！世之人守缺抱殘，謝謝自得，此特如野夫負暄而已。雖視一狐之腋若拱璧，然謂能若是之傾筐倒篋而層出不窮，我何望焉？

1　鴻文堂第三階段翻刻本沒有「夜走函谷」四字。
2　鴻文堂第三階段翻刻本作「何取乎綴者」。
3　道光三年共賞齋巾箱沒有「矣」字。
4　自「連屬有痕」至「數之成也」，鴻文堂第三階段翻刻本作「聯絡無痕之謂也，十者，數之終成，序而成云也」。
5　鴻文堂第三階段翻刻本沒有「向」字。
6　道光三年共賞齋巾箱本作「以」字

夫知拙於綴者之無可紀，益知長於綴者之不容不序也，作〈綴白裘十集序〉。[7]

　　乾隆壬辰中秋月桐鄉朱鴻鈞書[8]

本文底本：乾隆三十七年寶仁堂本

本文刊於以下傳世本之首：
乾隆三十七年寶仁堂本第十編
乾隆四十一年寶仁堂十二編合刊本第十編
乾隆四十二年左右鴻文堂第二階段翻刻本第十編
乾隆四十二年左右鴻文堂第三階段翻刻本第十編
乾隆四十六年四教堂本第十集
乾隆四十六年至四十七年集古堂共賞齋本第十集
乾隆四十六年共賞齋本第十集
乾隆四十七年學耕堂本第十編
乾隆五十二年博雅堂本第十編
乾隆五十二年增利堂本第十編
嘉慶十八年集古堂本第十集
道光三年共賞齋巾箱本第十集

7　　自「翻陳出新處」至「綴白裘十集序」，鴻文堂第三階段翻刻本作「則又
　　有在也，爰序」。
8　　鴻文堂第三階段翻刻本作「乾隆丁酉陽春月桐鄉朱鴻鈞書」。

同治十年藻文堂本第十集
光緒二十一年上海書局石印本第十集
光緒二十一年上海城內周月記機器印書處代影照印本第十集
光緒三十四年萃香社石印本第十集
光緒三十四年上海啟新書局、廣雅書局石印本第十集
民國三年上海知音社社員拍正本第十集
民國四年上海富華圖書館本第十集
民國十二年上海啟新書局石印本第十集

綴白裘八集序

許永昌

梨園之詞、曲,由〈雅〉、〈頌〉變〈騷〉、〈賦〉而再變者也。文人志士惟舉業是問[1],何有關於梨園之曲哉?

錢君沛思,髫年英俊,屢蹶場屋,然豪放不羈,性好音律,常遨遊于燕、趙、齊、楚。諸王公貴人,莫不羨其才,願羅而致[2]之幕下,錢君不屑也。惟跌宕于酒旗歌扇之場,歲輯《綴白裘》一冊,自歌自咏,若醉若狂,凡七刻矣。茲復以《八集》請序于予,[3]慚予素不辨宮商,何敢贅言?獨怪夫今世之人,雲翻雨覆,厭舊喜新,趨利者往往盜襲元、明詞曲,改作新劇,惟務荒誕不經,怪異無倫。而優伶輩爭相摴演,奏之飮飮,愚夫俗子無不稱奇道[4]艷,大為風俗人心之害,良可慨也!

今觀君所輯《八集》,卷帙雖窄,則[5]具《鳴鳳》之忠、《尋親》之孝、《荊釵》之節、《黨人》之義,而絕無荒誕怪異之齣,其志亦可知矣。何為乎舉業之不問,而沉酣于梨園之曲律耶?吾知

---

[1] 四教堂與集古堂共賞齋系統的本子作「文人志士惟舉業之是問」。

[2] 底本作「置」,從四教堂與集古堂共賞齋系統的本子改。

[3] 四教堂與集古堂共賞齋系統的本子作「今復以《八集》問序於予」。

[4] 四教堂與集古堂共賞齋系統的本子作「頌」。

[5] 四教堂與集古堂共賞齋系統的本子作「別」。

之矣！⁶夫戲，幻境也；人生，亦幻境也。榮辱得喪，不過瞬息；戲場一散，盡歸幻境。今君抱經濟之才，年已耄矣，⁷而猶浪跡江河，珠光劍氣，埋沒風塵，其一腔憤懣，滿腹牢騷，聊寄之于幻境也。⁸雖然，君之輯《白裘》也，⁹雖無關于舉業，而忠孝節義之詞，亦維風化俗之一助也，¹⁰故識數言以應君請。¹¹

時乾隆三十九年孟春上浣八十老人許永昌書于吳門之蕉鹿山房¹²

本文底本：乾隆四十七年學耕堂本

本文刊於以下傳世本之首：
乾隆三十九年寶仁堂本第八編
乾隆四十二年左右鴻文堂第二階段翻刻本第八編
乾隆四十六年四教堂本第八集
乾隆四十六年至四十七年集古堂共賞齋本第八集
乾隆四十六年共賞齋本第八集

6　四教堂與集古堂共賞齋系統的本子作「而沉酣於梨園之曲哉？噫，吾知之矣」。
7　四教堂與集古堂共賞齋系統的本子沒有「年已耄矣」四字。
8　四教堂與集古堂共賞齋系統的本子作「聊復寄之于幻境也」。
9　四教堂與集古堂共賞齋系統的本子沒有「雖然，君之輯《白裘》也」句。
10　四教堂與集古堂共賞齋系統的本子作「亦維風化俗之一端云」。
11　四教堂與集古堂共賞齋系統的本子沒有「故識數言以應君請」句。
12　乾隆四十二年左右鴻文堂第二階段翻刻本、四教堂與集古堂共賞齋系統的本子作「乾隆癸未年孟春吳門許永昌序」。

乾隆四十七年學耕堂本第八編

乾隆五十二年博雅堂本第八編

乾隆五十二年增利堂本第八編

嘉慶十八年集古堂本第八集

道光三年共賞齋巾箱本第八集

同治十年藻文堂本第八集

光緒二十一年上海書局石印本第八集

光緒二十一年上海城內周月記機器印書處代影照印本第八集

光緒三十四年萃香社石印本第十集

光緒三十四年上海啟新書局、廣雅書局石印本第八集

民國三年上海知音社社員拍正本第八集

民國四年上海富華圖書館本第八集

民國十二年上海啟新書局石印本第八集

白裘外集序[1]

許苞承

　　且夫戲也者，戲也，固言乎其非真也。而世之好為崑腔者，率以搬演故實為事，其間為忠臣為孝子，為義夫烈婦，為奸讒佞惡……悲愉欣戚，莫不咸備。[2]然設或遇亂頭粗服之太甚，豝聲蠶目之叵奈，過目之下，[3]輒令人作數日惡。無他，以古人之陳迹[4]，觸一己之塊磊，雖明知是昔人云「吹縐一江春水，干卿甚事」，而憤懣交迫，亦自有不自持者焉。[5]

　　若夫弋陽、梆子[6]秧腔則不然。事不皆其有徵，人不盡屬可考，[7]有時以鄙俚之俗情，入當場之科白；一上氍毹，即堪捧腹。此殆如東烘相對，正襟捉肘，正爾昏昏思睡，[8]忽得一詼諧訕笑之

---

[1]　寶仁堂本書口題「十一集」序；四教堂與集古堂共賞齋系統，石印本以外的本子，書口題「綴白裘十一集序」。

[2]　自「其間」至「莫不咸備」，四教堂與集古堂共賞齋系統的本子作「其間忠臣孝子、義夫節婦、奸讒佞惡……悲愉欣戚，無一不備」。

[3]　四教堂與集古堂共賞齋系統的本子作「過目遇之」。

[4]　學耕堂改輯系統的本子作「咻」。

[5]　四教堂與集古堂共賞齋系統的本子作「亦有不自持者焉」。

[6]　四教堂本沒有「梆子」二字，留下兩格空白。

[7]　四教堂與集古堂共賞齋系統的本子作「事不必皆有徵，人不必盡可考」。

[8]　四教堂與集古堂共賞齋系統的本子作「正爾昏昏欲睡」。

人，為我羯鼓解穢，其快當何如哉！[9]此錢君《綴白裘外集》之刻是[10]不容已也。

抑吾更有喻[11]者，《詩》之為風也，有正有變；史之為體也，有正有逸，即[12]戲亦何獨不然？吾以為[13]戲之有弋陽、梆子秧腔，即謂戲中之變、戲中之逸也，亦無不可。

時乾隆甲午季春上浣金陵許苞承渭森氏書於靜綠軒[14]

本文底本：乾隆三十九年寶仁堂本

本文刊於以下傳世本之首：
乾隆三十九年寶仁堂本第十一編
乾隆四十二年左右鴻文堂第一階段翻刻本第十一編
乾隆四十二年左右鴻文堂第二階段翻刻本第十一編
乾隆四十六年四教堂本第十一集

9　四教堂與集古堂共賞齋系統的本子作「為我持羯鼓解醒，其怪當何如哉」。

10　四教堂與集古堂共賞齋系統的本子作「所」。

11　博雅堂本作「進」。

12　四教堂與集古堂共賞齋系統的本子沒有「即」字。

13　四教堂與集古堂共賞齋系統的本子作「然則」。

14　四教堂與集古堂共賞齋系統的本子作「時乾隆甲午季春金陵許苞承渭森氏書」，而該系統中的光緒二十一年石印本，作「光緒甲午季春」，光緒三十四年的兩個本子以及民國四年本、民國十二年本作「時光緒戊申季秋」。

乾隆四十六年至四十七年集古堂共賞齋本第十一集

乾隆四十六年共賞齋本第十一集

乾隆四十七年學耕堂本第十一編

乾隆五十二年博雅堂本第十一編

乾隆五十二年增利堂本第十一編

嘉慶十八年集古堂本第十一集

道光三年共賞齋巾箱本第十一集

同治十年藻文堂本第十一集

光緒二十一年上海書局石印本第十一集

光緒二十一年上海城內周月記機器印書處代影照印本第十一集

光緒三十四年萃香社石印本第十集

光緒三十四年上海啟新書局、廣雅書局石印本第十一集

民國三年上海知音社社員拍正本第十一集

民國四年上海富華圖書館本第十一集

民國十二年上海啟新書局石印本第十一集

十二集序

葵園居士

　　蓋聞〈寶鼎〉、〈赤雁〉開樂府於齊梁，〈白紵〉、〈紅鹽〉極倚[1]聲於唐宋[2]。詞變為曲，體兼小令長歌[3]；曲別有音，調叶銀箏檀板。以故璧月瓊樹，爭誇江令才華；風片雨絲，恒數臨川麗[4]製。雖坐觀海市，未必皆真；而行過屠門，貴且快意。[5]

　　吾友錢君，審音按[6]律，刻羽引商，游戲絲簧之府，流連金粉之場。鵝笙象管，無須玉茗新翻；[7]〈白雪陽春〉，悉按紅牙舊譜。集雜劇之精於節拍者，為《綴白裘》十二集。胲惟其集，不嫌踵事而增；聲惟其[8]和，尤貴不淫而麗。僕慚慧業，鮮辨舌脣齒齶之微；君實才人，能通高下清濁之妙。傳來[9]瑟部，已落梁塵；付彼船娘，定飄庭葉。洵屬昇平之樂府，無忝名士之風流矣。

1　四教堂與集古堂共賞齋系統的本子作「綺」。

2　四教堂與集古堂共賞齋系統中的石印本系列本子作「元、宋」。

3　四教堂與集古堂共賞齋系統中的石印本系列本子作「長韻」。

4　四教堂與集古堂共賞齋系統的本子作「佳」。

5　四教堂與集古堂共賞齋系統中的石印本系列本子作「誰坐觀海市，未必皆真；而行過屠門，貴抒快意」。

6　四教堂與集古堂共賞齋系統中的石印本系列本子沒有「按」字。

7　四教堂與集古堂共賞齋系統中的石印本系列本子作「無須舊新翻」。

8　四教堂與集古堂共賞齋系統中的石印本系列本子沒有「其」字。

9　四教堂與集古堂共賞齋系統中的石印本系列本子作「傳諸瑟部」。

甲午長夏葵園居士漫題[10]

本文底本：乾隆三十九年寶仁堂本

本文刊於以下傳世本之首：
乾隆三十九年寶仁堂本第十二編
乾隆四十二年左右鴻文堂第二階段翻刻本第十二編
乾隆四十二年左右鴻文堂第三階段翻刻本第十二編
乾隆四十六年四教堂本第十二集
乾隆四十六年至四十七年集古堂共賞齋本第十二集
乾隆四十六年共賞齋本第十二集
乾隆四十七年學耕堂本第十二編
乾隆五十二年博雅堂本第十二編
乾隆五十二年增利堂本第十二編
嘉慶十八年集古堂本第十二集
道光三年共賞齋巾箱本第十二集
同治十年藻文堂本第十二集
光緒二十一年上海書局石印本第十二集
光緒二十一年上海城內周月記機器印書處代影照印本第十二集
光緒三十四年萃香社石印本第十二集

10　四教堂與集古堂共賞齋系統的本子作「甲午長夏葵園居士漫題」。該系統
　　中的道光三年共賞齋巾箱本作「乾隆甲子長夏葵園居士漫題」。

光緒三十四年上海啟新書局、廣雅書局石印本第十二集
民國三年上海知音社社員拍正本第十二集
民國四年上海富華圖書館本第十二集
民國十二年上海啟新書局石印本第十二集

識　語

寶仁堂

　　錢君慎齋，性好音樂，每于氍毹上見有可意之劇，即錄置案頭。每歲集成《白裘》一編，付之剞劂，自歌自舞，以作下酒之物。年來共成十二集，頗為海內所欣賞，莫不引領望其有十三、四之續。不意天奪之速，甲午之秋，召為修文吏去，無有繼其後者，尚遺有散稿，未經成集。

　　今本堂細加校[1]訂，凡原本曲文賓白內，偶有字樣違礙者，悉皆刪去。另將稿內別齣補入，仍十二集止，可稱全璧善本。識者鑒諸。

　　乾隆四十一年春王正月寶仁堂識

本文底本：乾隆四十一年寶仁堂本

本文刊於：乾隆四十一年寶仁堂十二編合刊本第一編之首

1　底本作「較」，參酌文意改。

綴白裘七集序

周家璐

　　《綴白裘》之作也，蓋所以調演劇之緩急，為梨園子弟均其勞逸之宜耳。余素不諳於宮商，因戲是編之詞義，無文質或勝之弊，殊可為詞曲之時中，優伶輩皆可事以為歸者也。曩昔本欲於《六集》後再編一集，不期坊人竟以《七集》示余，因竊快其洵[1]有同心，願為之序。

　　時乾隆甲午嘉平耕雲山人周家璐書於武林之臨江草堂

本文底本：乾隆四十二年鴻文堂本

本文刊於：乾隆四十二年左右鴻文堂第三階段翻刻本第七編書首

---

[1]　底本作「沟」，參酌文意改。

白兔記·出獵

旦：李三娘。

小生：咬臍郎，李三娘與劉智遠之子。

淨：李洪一，李三娘之兄。

丑：咬臍郎的部下。

（旦挑水桶上）

【綿搭絮】別人家兄嫂有親情，唯有我的哥哥，下得歹心腸、惡面皮。罰奴夜磨麥，曉要挑水。每夜攢拳獨睡，未曉要先起。那些個手足之親，想我爹娘知未知？

【前腔】井深乾旱水又難提，這一井水都被我吊乾了，井有榮枯，淚眼何曾得住止？阿呀苦啊！奴是富家兒，顛倒做了驅使。莫怪伊家無禮，是我命該如是。倘有時刻差遲，亂捧打來不顧體。

呀，遠遠望見一簇人馬來了，我這裡神思睏倦，不免就此少睡片時。（小生、四卒上）

【窣地錦襠】連朝不憚路蹊嶇，走盡千山并萬水。擒鷹捉鵠走如飛，遠望山凹追兔兒。眾軍士，這裡是哪裡了？（眾）這裡是沙陀村了。（小生）為何來得這等快？（眾）就如騰雲駕霧一般。（小生）那個白兔兒，往前面井邊婦人身邊去了。（眾）婦人，可見我的白兔兒麼？（旦）奴家是受苦婦人，不曉得什麼白兔。（小生）吓，婦人，兔兒不打緊，有金皮玉箭在上，你還了我

箭，把這兔兒賞你吧。（旦）有兔必有箭，有箭必有兔；奴家實是不見。（小生）我看你這婦人像個好人家宅眷，爲何跣足蓬頭，在此汲水？

（旦）衙內聽稟：

【雁過沙】衙內聽啓奴的情懷。（小生）爲何鞋也不穿？（旦）**也曾穿著繡鞋。**（小生）敢是挑水賣的？（旦）**不曾挑水街頭賣。**（眾）敢是作了歹事？（旦）**貞潔婦女，怎肯作歹事。**（小生）被甚麼人凌賤得如此？（旦）**被無知兄嫂忒毒害。**（小生）可有父母麼？（旦）**雙親早喪十六載。**（小生）可有丈夫麼？（旦）**有東床也曾入門來。**（小生）你丈夫往何處去了？（旦）**九州安撫投軍去。**（小生）他有甚麼本事去投軍？（旦）**十八般武藝皆能會。**（小生）你丈夫姓甚名誰？（旦）**嫁得個劉智遠潑喬才。**（眾渾介）（小生）你可有所出麼？（旦）**懷抱養子方三日。**（小生）如今你孩兒在哪裡？（旦）**被火公竇老送到爹行去。**（小生）去了幾年了？（旦）**小小花蛇腹內藏，爹娘見他異相配鸞鳳，一別今經十八載，親生一子叫做咬臍郎。**（眾又渾介）（小生）吓，婦人，我非別人，乃九州安撫之子。你丈夫既在我爹爹麾下從軍，待我回去稟過爹爹，軍中出一告示，捱查你丈夫，叫他回來，與你夫妻完聚，你意下何如？

（旦）

【香羅帶】衙內聽拜稟，（拜介，小生作倒介）（眾）不要拜，不要拜，拜得我衙內有些不自在。（旦）容奴說事因，一從間別鸞凰兩處分，被哥哥嫂嫂苦逼分離也。朝朝挑水，夜夜辛勤，日日淚珠暗零。（合）異日說冤恨取薄倖人，

苦也天天！甚日得母子團圓說事因？

【前腔】（小生）娘行免淚零，聽吾說事因，俺爹爹管軍兼管民，我去與爹爹說了，軍中挨問姓劉人也，教他取你，免伊家淚零。（眾合）多只數日少半旬。（合前）

　　多謝衙內問信音，有苦何須問的真。

　　若還再得重相見，猶如枯木再逢春。

　　（小生）叫左右，可挑了水桶，送他回去。（淨扮李洪一上，打丑，丑哭介）（小生）為何啼哭起來？。（丑）他家一個花嘴花臉的人，把我一頓打。（小生）你就該說是軍。（丑）我原說是個軍，他說打斷你的筋。（小生）什麼時候了？（眾）黃昏時候了。

　　黃昏將傍赴城門，隱隱鐘聲隔岸聞。

　　漁人罷釣歸竹徑，牧童遙指杏花村。

按　語

〔一〕本齣情節、曲文與《六十種曲》本《白兔記》第三十齣〈訴獵〉接近。

〔二〕原刊於寶仁堂乾隆二十九年《初編・陽集》，乾隆三十六年《七編・同集》又選刊，後未收入十二編。

〔三〕選刊類似情節的坊刻散齣選本有：《風月錦囊》、《摘錦奇音》、《徽池雅調》、《崑弋雅調》、《歌林拾翠》、《樂府歌舞台》。

邯鄲夢‧打番兒

生：盧生，征西大將軍。
丑：間諜。

　　（生引，三旦、外扮四小軍上）三十登壇眾所尊，紅旗半捲出轅門。前軍已戰交河北，直斬樓蘭報國恩。我，盧生，自陝州而來。因河西大將王君㚟與吐番戰死，河隴動搖，朝廷震怒，命下官掛印征西。兵法云：「臣主和同，國不可攻。」我欲遣一人往行離間，先除了悉那邏丞相，則龍莽勢孤，不戰而下。此乃機密之事也，訪得軍中有一尖哨，叫做打番兒漢，講得三十六國番語，穿回入漢，來去如飛，早已喚來也。
　　（丑上）
【越調紫花撥四】莽乾坤一片江山，千山萬水分程限。偏我這產西涼，直著邊關。也是我野花胎，這分辦。（生）呀，你便是打番兒漢。你可打的番，通的漢？
【胡撥四犯】（丑）打番兒漢，俺是箇打番兒漢，哨尖頭有俺的正身迭辦。（生）祖貫是羌種，漢兒種？（丑）祖貫是南番，到這沒爺娘田地甘涼畔，順風兒拜別了悶摩山。急收了這小番兒在眼，一名支數口糧單。小番兒身材輕巧，小番兒口舌闌番。小番兒曾到那羊同黨項，小番兒也到那崑崙白蘭。小番兒會吐魯渾般骨都古魯；小番兒會別失巴的畢力班闌；小番兒會一留咖喇的講著鐵里；小番兒也會

剔溜禿律打的山丹。但教俺穿營入寨無危難，白茫茫沙氣寒。將一領答思人兒頭毛上按，將一個哨弼力兒唇綽上安。敢只是夜行晝伏，說甚麼水宿風餐。（生）養軍千日，用在一朝。我今日有用你之處，你可去得？（丑）只不過敲象牙、抽豹尾，有甚麼去不得、去不得也那顏？（生）如今吐番國悉那邏丞相足智多謀，為吾國之害。要你走入番中做個細作，報與番王，只說悉那邏丞相因番王年老，有謀叛之心，好歹教那番王害了他。你去得去不得？（丑）這場事大難、大難，怎著俺行反間、反間，向刀尖劍樹萬層山。怎教俺赴也不赴？頑也不頑？太師呵，怎教俺沒事的誑人反，將何動憚？著甚的麼通關？（生）但逢著番兵，三三兩兩傳說去，悉那邏丞相謀反，自然彼中疑惑，要甚麼通關呢？（丑）天、天、天！怎教俺兩片皮把鎮胡天的玉柱輕調侃，三寸舌把架瀚海金梁倒放番，俺其實有口、有口難安。（生）既然流言難布，我有一計了。將千條小紙兒寫下「悉邏謀反」四大字，到彼國遍處黏貼，方成其事。（丑）此計可中。只將這紙條兒、紙條兒窄地的莊嚴看，窄地的莊嚴看。阿呀，一千片紙條兒，拿了怎好？（生）便是……俺有計了！打聽得番中木葉山下，一道泉水流入番王帳殿之中。給你竹籤兒一片，將一千片樹葉兒刺著「悉邏謀反」四個字，就如蟲蟻蛀的一般，上風頭放去，流入帳中，他只道天神所使，斷然起疑。此乃「御溝紅葉」之計也！（丑）妙哉！奇計也！須不比知風識水俏紅顏，倒使著寒江楓葉丹。怎道灘也麼灘，透燕支山外山。小番兒去也！（生）賞你一道紅、十角酒、三千貫響鈔，買乾糧儳儳去。事成賞你千戶告身。（丑）謝元帥爺！懷揣著片醉題紅錦囊出關，撲著口星去星還。到

木葉河灣，遲共疾瓓珊，忽地裡勾潺湲。天助個摧殘，地
起波瀾，流水潺潺，悉那邏謀反。好歹掇賺到處分言，弄
的那個沒套數的番王的蘸眼。（生）你道葉兒上寫甚來？

　　（丑）

【賺】無筆仗指甲里使著木刀鑽，有靈心似蟲蟻兒猛把書
文按。怎題的漢宮中無端士女愁？則寫著錦番邦悉那邏丞
相反。（下）

　　（生弔場）番兒去的猛，此事必成！且整理兵馬，相機而行便
了。正是：賢豪在敵國，反間為上策，眼望捷旌旗，耳聽好消
息。

按　語

〔一〕本齣出自湯顯祖撰《邯鄲夢》第十五齣〈西諜〉。
〔二〕原刊於寶仁堂第一階段乾隆二十九年《初編・春集》，乾隆
三十六年《七編・萬集》又選刊，後未收入十二編。
〔三〕選刊此齣的坊刻散齣選本還有《醉怡情》、聞正堂刊《綴白
裘全集》。選抄此齣的散齣鈔本有中國國家圖書館藏朱執堂抄《時
劇集錦》。

馬陵道‧詐瘋

末：朱亥，魏國上大夫。

生：孫臏。

丑（前）：頑童。

副：龐涓的部下。

丑（後）：朱亥家的傭人。

淨：龐涓，魏國兵馬大元帥。

（末上）舉國稱吾勇，平生抱不平，奸邪害賢者，欲救恨無能。某，姓朱名亥。曾因信陵君一言，便將八十斤鐵鎚搥殺晉鄙，起兵救趙，自比各國諸侯。蒙魏王封我為上大夫之職，統領魏國人馬。可恨龐涓這廝，與孫臏本是同堂好友，用計刖他二足，逼寫天書，孫子忿躁發狂，害了瘋病。心上疑惑，未知真假。孫臏，孫臏，只怕你出不得龐涓之手。我欲救他，今日跟隨他一日，看他真假不出。如今天色已晚，不免再去看他動靜。孫臏，孫臏，龐賊識你不破，我朱亥明知你：假作痴呆漢，權為懞懂人。（下）

（生上）你們這些小廝，休趕……且喜四下無人，我且把心事來說一番。我，孫臏。自從辭了師父下山，要見俺父母，不想中途徵聘到魏。那龐涓反在公子跟前譖言，著俺擺陣，不合陣中拿他下馬，他就詐傳旨意害我的性命。俺就立生一計，只刖我二足，逼寫天書，若使天書抄完，不能脫命。感得兩個侍兒說破，我一時假作瘋狂，日日與兒童作耍，夜間與羊犬同眠。天哪，不知可有還鄉日

也？

【新水令】打獨磨来到這畫橋西，俺本是出籠鷹被別人剪折了雙翅。則我這翎毛短，怎敢道撲天飛？我每日價裝呆裝痴，天哪！好教俺閣不住眼中淚。咳，你那龐涓賊子，我和你同堂學業，五年聚首，何忍下得這般狠心也！

【步步嬌】他把我旋下山来別無意，正中了他奸計謀。行行的来自三思，受恁個朋足。龐涓狠兄弟，我年紀整三十，自古男子三十，不利功名，劇地教我平路裡學扒背。

　　（丑上）瘋子，我與你頑耍去。

　　（生）

【沉醉東風】恁這個作耍的頑童小的，誰與你步步相隨。（丑）我有饅頭在此，與你吃。（生）他把那饅頭来吃，（丑）可要吃？（生）常言道口無些尊卑。（丑）瘋子，待我放在這邊，我和你大家搶；搶得著吃了，搶不著打三拳頭。（生）放著。（丑）搶嗄。（生）搶不著。（丑）噲，搶不著。（生）搶不著饅頭自忍飢。（丑）来，打三拳。（丑打介，生）這的是腳短先生落的。（副內喊介）（丑）那邊有人来了，去罷。（下）

　　（生）呀！

【攬箏琶】見一個狠公吏，他叫一聲恰便似春雷，諕得那作耍的頑童，他、他不知潛藏在哪裡。（副上）上命遭差，蓋不由已。奉龐元帥之命，来試孫臏真假的瘋子。（生）虎来了。（副）不是虎，我是人。問你刀瘡可好些麼？（生）起動你問俺的瘡疾。哥嗄，皺定雙眉徘徊。（副）待我来看看……（生）咳，休只管絮絮叨叨聒聒煎煎，痛則痛是俺足下知，不索

恁個猜疑。（副）我與你一件東西，可要吃？（生）我要吃。
（副）這是甚麼？（生）是饅頭。（副）這呢？（生）這是餻糜。
（副）你要吃哪一樣？（生）咦，我要吃餻糜。（副）吃了餻糜要
發疼哩。（生）不妨。（副）我且問你，你在此，腹中可飢麼？
（生）阿呀哥嗄：

【雁兒落】則我這腹中常忍飢，好茶飯我也何曾嘗著些滋
味。雖然我這腳尖兒有了疾病，則我這肚皮裡無閒氣，因
此上我怕甚麼冷餻糜。（副）實是吃不得。（生）我要吃。
（吃介）（副）果然是真瘋了，不免回覆丞相爺去。（下）（生）
呀！他、他見我吃一口兒走如飛，自從我便假裝瘋魔得這
漢，受了些腌臢這歹氣息。我如今纏也不識，正中了他拖
刀得這計。俺可明知，又是恁那龐賊使來的見識，使來的
見識。被他纏了一回，天色已晚，不免到羊圈中去歇宿片時。羊
哥哥靠後些，我來了。

　　（末上）他又往羊圈中去睡了。四下無人，待我吟詩兩句調撥
他，看他怎麼。（吟介）美玉類頑石，珍珠污垢泥。（生）嗄！這
是朱大夫的口聲。他跟隨了一日，恐人知覺，我也不去睬他。他乃
天下義士，他若是來救我，我就得生了。待我再聽他……（末）不
見動靜，不免再吟。（又照前吟介）（生）正是他。（回吟介）用
手輕抹洗，萬里色光輝。（末）是假瘋了！待我打將進去。（生）
虎來了，虎來了。（末）我是朱亥。（生）你來害我。（末）我特
來救你。（生）朱大夫，你果然來救我？（末）真個來救你。
（生）阿呀大夫：

【掛玉鈎】我這裡便吐膽傾心說與伊，大夫，你原何不解
我的其中意？（末）你同我到家中去。（生）大夫先請，我隨

後。（末）為何不與我同去？（生）我則怕路上行人口似碑。大夫，我說的話兒專心記。（末）四下無人，我先走，你隨後。（生）大夫先請。（末）請進去。待我閉上了門，取茶飯來。（生）不消。（末）孫先生，如今齊國孟嘗君在此驛中，待我托他把先生帶往齊國便了。（生）我但能個離了魏國，到得那齊邦去，那龐涓賊子，我與他面北眉南，你東得這咱西。

　　（生）我與那廝五年聚首，展筆抄書，他下得般狠心也！（末）便是。（丑慌上）老爺，不好了，龐丞相領兵圍住府中，要來搜取了。（末）我曉得了，你去。（丑下，末）這怎麼處？（生）不妨，你自發付他，不要顧我，我自有道理。（末）那廝來時，我把八十觔鐵鎚，搥他一個肉醬。（生）這個使不得！

　　（淨領眾上）（生躲桌底下介）（末）龐丞相。（淨）朱大夫，你把孫臏藏在哪裡？快些獻出來！（末）我何曾藏甚麼孫臏？（淨）俺夜觀天象，見將星落在你家，一定在你家。我對你說，他是朝廷重犯，你擅自藏匿，若是搜了出來，你的性命可也難保。（末）丞相，其實沒有。（淨）真個不獻出來？我自要搜取了。（末）但憑搜取。（淨）叫大小三軍：與我把住前後，仔細搜者！（眾下）（淨）咳，孫臏，孫臏，你要活，是水底撈明月，則除是九重天上滴溜溜飛下一紙郊天赦來，我就饒了你。（眾上）稟爺，前後廳堂、左右兩廂俱搜到，沒有孫臏。（淨）屋上搜。（眾）也沒有。（淨）井裡撈。（眾）也沒有。裡面有帶夾墻，打將進去也沒有。（淨）這廝往哪裡去了？把桌兒抬開了。（眾抬桌介）好奇怪！不難，他是個殘疾之人，不怕他飛上天去。吩咐軍士：把守四門，出入盤結，十家一牌，五家一甲，細細搜出便了。大夫，驚動了。貪看天上中秋月，失卻盤中照乘珠。請了。（眾下）

（末）丞相請了。阿呀，諕死我也！轉眼間那孫先生不知躲在哪裡去，再搜也搜不出；若是搜出，我二人性命可不休矣？孫臏，你好強也。啲！龐涓，你好狠也。阿呀朱亥，你好險也！待我閉上了門。孫先生，龐涓賊去了，你躲在哪裡？

（生）

【殿前歡】喚我的是阿誰？（末）你在哪裡？（生）我在那摘星樓上可便作筵席，安排下脫卻的那金蟬計。（末）怎麼就躲在這裡？（生）我須索要做小噯！伏低，這的是他下的我也下的。（末）只怕龐賊還要來。（生）纏殺我這妖魔祟，諕的我似小鬼兒般合撲著地。（末）躲時節有人看見麼？（生）這公事天知和地知。（末）如今用些茶飯。（生）方纔可聽見龐賊他仗劍要我哩，我可也廢寢落得這忘飢。（末）你好大膽，怎麼就躲在這個去處？（生）大夫，常言道：「搜遠不搜近」。（末）好個「搜遠不搜近」！先生高見，下官怎生到得。如今大難雖過，只是行走不得，怎生是好？（生）大夫不知，我下山時節，師父與我錦囊一個，說遇難時開看。前日刖足之後看時，一包金瘡藥，搽上即愈疼，步履如舊。一向恐龐賊知道，我假意如此。（末）我不信。（生）我起來走與你看。（末）待我扶你起來。（生）哪個要你扶？（起介，各笑介）（末）孫先生，如今齊國孟嘗君在驛中，豪俠好義，待我托他，把先生帶往齊邦去便了。（生）如此，真我重生父母、再養爹娘。我此一去呵，

【煞尾】仗天書扶立起東齊國，統精兵克日西攻魏。我將他一個個剁為肉泥，那時纔報我刖足的仇，雪了佯狂的恥。

按　語

〔一〕本齣改編自元代佚名撰《龐涓夜走馬陵道》雜劇第三折。

〔二〕原刊於寶仁堂第一階段乾隆二十九年《初編‧春集》，乾隆三十六年《八編‧長集》又選刊，後未收入十二編。

〔三〕選刊此齣的坊刻散齣選本還有李希海嘉趣簃藏洞庭蕭士輯《綴白裘三集》、《醉怡情》。

玉簪記・偷詩

旦：陳嬌蓮，避亂出家的宦家女，法名妙常。

生：潘必正，書生。

丑：進安，潘必正的書僮。

（旦扮陳妙常上）[1]

【清平樂】[2]西風別院，黃菊都開遍。鷓鴣不知人意懶，對對飛來池畔[3]。雲淡[4]水痕收，人傍淒涼立暮秋。蛩吟無斷頭，心上事淚中流。懶把黃花插滿頭，見人還自羞。奴家自與潘郎見後，不覺心神恍惚，情思飄蕩。當此清秋天氣，好生傷感人也。[5]

1　學耕堂本作「貼上」。學耕堂本的陳妙常由「貼」應工，以下不再逐一出校。

2　學耕堂本作「引」。

3　學耕堂本作「岸」。

4　底本作「傍」，據明萬曆繼志齋刊《重校玉簪記》（《古本戲曲叢刊》初集景印）改。

5　自「雲淡」至「好生傷感人也」學耕堂本作：「雲淡水痕收，人傍淒涼泣暮秋。蛩吟無斷頭，心上事淚中流。懶把黃花插滿頭，見人還自羞。奴家自見潘郎之後，不覺神思恍惚，情魂飄蕩。當此淒涼時節，好生傷感人也。咳！想我在此出家，原非本心，只為身無所歸，寄迹於此。哪知弄假成真，直到後來，不知怎生結果，怎麼了吓怎麼了？唔，且喜桌兒上有紙筆在此，不免將眼前景況寫作一詞，少遣幽懷則個。（寫介）松舍青燈閃閃，雲堂鐘鼓沉沉。黃昏獨自展孤衾，欲睡先愁不穩。潘郎，潘郎！一念靜中思動，遍身慾火難禁。強將津唾咽凡心，咳！怎奈凡心轉盛」。

（旦）

【繡帶兒】難提起，把十二個時辰付慘悽，沉沉病染相思。恨無眠殘月窗西，更難聽孤雁嘹嚦。堆積，[6]幾番長嘆空自悲，[7]怕春去留不住少年顏色。呀，不覺身體睏倦，且穩睡片時則個。[8]（睡介）

（生扮潘必正上）[9]

【宜春令】雲房靜，竹徑斜，小生病起無聊，悶懷難遣，不免閒步片時，有何不可。欲求仙恨著天台路迷。問津何處？傍青松掩著花千樹。悄地行來，已是陳姑臥房。呀，正值他獨睡在此，且不要驚醒他。（作坐看書介）這是他看誦的經典，這是唐人詩集……裡面這幅字是甚的？嗄，卻是陳姑的詩稿！（念介）松舍青燈閃閃，雲堂鐘鼓沉沉。黃昏獨自展孤衾，欲睡先愁不穩。一念靜中思動，遍身慾火難禁。強將津唾嚥凡心，爭奈凡心轉盛。（生起背介）細觀此詞，陳姑芳心盡[10]露。（喜介）敢是天就我的姻緣，把此詞做個供案。伴[11]殘經香渺金猊，題紅句情含綠綺。心知，此詞入手呵，天付姻緣，送來佳會。（轉介）

6　學耕堂本「堆積」二字後有帶白「咳」。

7　學耕堂本「幾番長嘆空自悲」句後有帶白「想我在此出家，怎得個了局」。

8　自「怕春去」至「則個」學耕堂本作「怕春去留不住少年顏色，空辜負鶯消燕息，只落得靠幽窗偷彈淚珠。呀，一霎時不覺身子睏倦，不免假寐片時則個」。

9　學耕堂本作「小生上」。學耕堂本的潘必正由「小生」應工，以下不再逐一出校。

10　底本作「盟」，據明萬曆繼志齋刊《重校玉簪記》改。

11　底本作「供」，據明萬曆繼志齋刊《重校玉簪記》改。

待我揭帳戲他，看他如何回我。陳姑，陳姑……（旦作驚醒介）
（旦）[12]

【降黃龍】驚疑，閃得我魄散魂飛，倦體輕盈，倩誰扶
起？（生）小生相扶。（作抱介，旦怒介）呀！你是書生班
輩，好個書生班輩，錯認仙姑，比做神女。（生）差不多
兒，文君幸見相如，兩下情同魚水。（旦）休題，文君佳趣，
這其間相如料難是你。（生笑介）多分是小生無疑。（旦）潘
郎好生無禮，我對你姑娘說來。（生）說我何事？（旦）秀才
們，偷香竊玉，意亂心迷。[13]

12　自「雲房靜」至「旦」學耕堂本作「雲房靜，竹徑斜。欲求仙恨著
　　天台路迷。小生病起無聊，悶懷難遣，不免閒步一回，多少是好。問
　　津何處？傍青松掩映著花千樹。悄地行來，已是陳姑的臥房了。
　　呀，門兒半掩在此，不免捱身而進。阿呀妙吓！好所在呀！原來陳姑熟睡
　　在此。吓，想是誦經辛苦，故此隱几而臥。阿呀妙吓！看他閉目垂眉，好
　　似未開光的白像觀音；玉腕托腮，猶如入陽臺的巫山神女。不要說別的，
　　則這睡態兒，足可令人銷魂落魄。我也忍不住了，待我耍他一耍……且
　　住，倘他嚷將起來，怎麼處？不可造次。呀，你看：桌兒上有一幅紙在那
　　裡。吓，聞得他善于詩賦，想是他做的詩稿了。待我輕輕的揭開他的袖
　　兒，偷來一看，有何不可。待我來……呀，在這裡了。待我看來：（念
　　介）松舍青燈閃閃，雲堂鐘鼓沉沉。好吓，正乃出家人的口氣。（又念
　　介）黃昏獨自展孤衾，欲睡先愁不穩。吶？這句好蹊蹺吓。一念靜中思
　　動，遍身慾火難禁。強將津唾咽凡心，怎奈凡心轉盛。呀，細觀此詞，陳
　　姑的芳心盡露，敢是天賜我的姻緣也。他伴殘經香渺金猊，題紅句
　　情含綠綺。我心知，天付姻緣，送來佳會。且住，我如今有了這
　　個把柄，就嚷也不怕他了。待我閉上門兒。（撫貼背介）陳姑，陳姑……
　　（貼作驚醒介）」。
13　自「小生相扶」至「意亂心迷」學耕堂本作「（小生親嘴介）（貼）吓！
　　是哪個？（小生）是小生。（貼）吓，你是潘郎吓。（小生）不敢，是小

（生）

【醉太平】非痴，我青燈愁緒，聽黃昏鐘磬，夜半寒雞。孤衾獨抱，未曾睡先愁不寐。相思，靜中一念有誰知？慾火炎遍身難制。把凡心自噤，只少個蕭郎同伴，彩鳳同騎。*14*

（旦）

【浣溪紗】你臉兒涎，情兒媚，話蹺蹊心自猜疑。（生）不必猜疑。（旦尋詞介）（生）小生拾得在此。（旦）潘郎，好好還我的詞來。（生笑介）不還便怎麼？（旦）把你做賊論。（生）偷書不為賊。（旦）呀，這場冤債訴憑誰？當初出口應難悔。咳，罷，罷！一點靈犀托付伊，（背介）幾番羞解羅

生。（貼怒介）呀！你是個書生班輩，（小生）其實是個書生班輩。（貼）走來，你認我是哪個？（小生）是仙姑。（貼）可又來！錯認仙姑，比做神女。（小生）差也不多，文君幸見相如，兩下情同魚水。（貼）閒說！休題，文君佳趣，這其間相如料難是你。（小生）多分是小生無疑的。（貼）潘郎，你這等無禮，我去對你姑娘說。（小生）對我姑娘說些什麼？（貼）我說你麼：秀才們，偷香竊玉，意亂心迷。你就對我姑娘說也不妨，我有絕妙的訴詞在此，也不怕你。（貼）啐，你敢是痴了」。

14 自「非痴」至「彩鳳同騎」學耕堂本作「我非痴，青燈愁緒，聽黃昏鐘鼓，夜半寒雞。我孤衾獨枕，未曾睡先愁不穩。（貼）扯淡！你自睡不著，與我什麼相干？相思，（貼）阿呀，出家的所在，說什麼相思！阿彌陀佛吓！（小生）阿唷，阿彌陀佛，不要聽他吓！靜中一念有誰知？慾火炎叫我遍身難制。把凡心自咽，只少個蕭郎同伴，彩鳳同騎。（貼作尋詩介）（小生）喂，你尋什麼東西？我來替你尋吓。（貼）不要你管。（小生）不要我管？咦，只怕一千年也尋不著哩」。

襦。¹⁵

（生拜介）¹⁶

【滴溜子】合拜跪，此情有誰堪比？漫追思，此德何年報取？誰承望，今宵牛女？銀河咫尺間，巧一似穿針會。兩下裡青春，濃桃豔李。

（旦）

【鮑老催】輸情輸意，鴛鴦已入牢籠計，恩情怕逐楊花起。一首詞，兩下緣，三生謎。相看又恐相拋棄，等閒忘卻情容易，也不管人憔悴。（生）呀，妙常，你道小生忘了此情麼？（跪介）老天在上，必正若忘了妙常今日之情，天誅地滅！

【貓兒墜】（生）皇天在上，照證兩心知。¹⁷誓海盟山永不

15　自「你臉兒涎」至「羞解羅襦」學耕堂本作「看他臉兒涎，情兒媚，（小生背看詩介）一念靜中思動，遍身慾火難禁……（貼）話蹺蹊心自猜疑。你在那裡看什麼？（小生）我看的是一件寶貝。（貼）什麼寶貝吓？借我一看。（小生）呀，寶貝哪裡借得的！（貼）偏要看。（小生）既要看，站遠些。（貼）唔，就站遠些。（小生）再遠些。（貼）這等作難。（小生）哪！（貼）阿呀，還我詞來！（小生）唔，這是鎮家之寶，就是這等還你麼？（貼）你若不還，把你當作賊論。（小生）偷詩不為賊。（貼）你道偷詩不為賊，我去告訴你的姑娘。（小生）吓，我如今也要去告訴姑娘。（貼）你告訴我什麼來？（小生）告訴你，出家人何故作此情詞，引誘我良家子弟。（貼）啊呀天吓！這場冤債訴憑誰？（小生）伊今出口應難悔。（貼）難追悔。罷，罷！一點靈犀托付伊，幾番羞解羅襦」。

16　學耕堂本作「小生」，沒有科介。

17　自「輸情輸意」至「證照兩心知」學耕堂本作「輸情輸意，鴛鴦已入牢籠計，恩情怕逐楊花起。（小生）一首詞，兩下緣，三生謎。（貼）相看又恐相拋棄，等閒忘卻情容易，（小生）來嚛。（貼）

移。（旦）從今孳債染緇衣。[18]（合）歡娛，看雙雙一似鳳求鸞配。

（合）

【尾】天長地久君須記，此日裡恩情不暫離，從此後情詞莫再題。今夜燈前見，還疑夢裡來。（相攜下）

（丑暗笑上）我東人在此嘲風弄月，夜去明來，終久吃他刮上了。（又笑介）

【清江引】堪愛堪愛真堪愛，鸞鳳情深如海。攜手上陽臺，了卻相思債，他怎知有個人在窗兒外？

我且躲在這裡，待他們開門時闖將進去，也要捉個頭兒，不怕他不肯。正是：要吃無錢酒，全賴功夫守。（虛下）

（生、旦攜手同上）[19]

啐，也不管人憔悴。（小生）老天在上，我潘必正若忘了妙常今日之情，永遠前程不吉。（貼）住了！不是這等罰的。（小生）我的娘，怎麼樣罰介？（貼）潘郎，你若忘了我，是：哪！【貓兒墜】自有皇天在上，照證兩心知」。

18　自「誓海盟山」至「緇衣」學耕堂本作「（小生）喂，大家來拜嘘！（貼）我不會拜。（小生）喲，拜沒，有什麼不會介？來嘘。（扯介）（貼）阿呀，不會拜。（小生扯貼同拜介）（合）誓海盟山永不移。（貼）從今孳債染緇衣」。

19　自「合」至「小生、旦攜手同上」學耕堂本作「（貼）天長地久君須記。（合）此日恩情不暫離，從此後情詞莫再題。（摟貼同下）（丑上笑介）大勝會丟！好笑我里相公，今日拉里弎、明日拉里弎，竟不拉里弎上拉丟哉！他兩個呵：【皂角兒】並香肩同入鮫綃，相思債一筆勾消。我東人跨鳳吹簫，那仙姑頓參三寶。好一似擺渡船，撐的撐、搖的搖。順水添篙糴的要糴、糴的要糴。哪知道隔牆有耳，窗外有人瞧？」哩丟個歇正拉丟高興頭浪來，讓我走走再

【皂角兒】（生）[20]兩情濃同下藍橋，戰兢兢歡娛較少，成就了鳳友鸞交。（旦）休忘卻天長地老。（生）我為你病懨懨只自耽，瘦怯怯難自保。為著今朝，相偎相抱。（旦）力怯體嬌，你休把私情漏泄，兩下裡供狀難招。

（旦）

【前腔】奴本是柔枝嫩條，休比做牆花路草。顧不得鶯雛燕嬌，你[21]恣意兒鸞顛鳳倒。（合）須記得或是忙或是閒，或是遲或是早，暮暮朝朝，何曾知道，這些關竅。春風一度，教我夢斷魂消。[22]

（合）

【尾聲】從今淡把蛾眉掃，妝一個內家腔調，把往日相思一擔[23]拋。

（旦）你且靠後，待我先去開門。（作開門介）（丑闖進，旦驚介）（丑）不好了，不好了！觀主知道，去叫四鄰地方，來拿你兩個去送官究治，怎麼處？（旦慌介）呀，如何是好？（丑）幸喜觀主臨出門時，吩咐我兩句說話，還有處置。（旦）吩咐甚的？

（丑）他說：「進安，你可先進去，要捉他兩個頭兒。若是他肯把頭兒與你捉，這節事就替他遮瞞了罷；他若不肯時，你便在裡

來。（下）（小生、貼同上）」。

20　學耕堂本作「【前腔】（合）」。

21　學耕堂本沒有「你」字。

22　自「須記得」至「夢斷魂消」學耕堂本作「須記得或是遲或是早，暮暮朝朝，何曾知道，這些關竅。等閒間春風一度，教我力怯魂消」。

23　學耕堂本作「旦」。

面喊起來，我即同眾人來拿他們了。」（生）哇！我在此，你休得胡說。（丑）你在此便怎樣？難道秀才應該偷道姑的？（生怒介）這狗才，好打！（丑）也罷，省得我相公就吃醋，只要叫我一聲罷。（生對旦介）這個使得，你就叫他一聲。（旦）要我叫你什麼？（丑）隨你。（旦）進安哥。（丑）不好，不好。（生）怎麼不好？（丑）要除了「哥」字，添上「相公」兩字。（旦作難介）這句怎使得？（丑）嗄，你若不叫，我就喊起來了……（作喊介）（生慌掩住丑嘴介）（對旦諢介）你便快叫他一聲罷。（旦作慌，連叫介）進安相公。（丑笑應介）出庵奶奶。（生）怎麼叫做「出庵奶奶」？（丑）有了我這「進安相公」，自然有這「出庵奶奶」了。（生喝，諢下）**24**

24　自「（旦）你且靠後」至「生喝，諢下」學耕堂本作「（丑上）讓我再去看看介。（小生）我去了。（貼）且住著，待我出去看看外邊可有人。（小生）有理！你先出去看看。（貼出看，噘介）沒有人，你去罷，明日在松棚下相會。（小生）是，曉得了。（丑）嗄！倒弗如今夜頭住拉里子罷。（小生）唉！什麼規矩。（貼羞避介）（丑）阿呀相公，弗好哉！觀主曉得子，報子地方，稟子官，出介兩擋公人拉丟捉吓丟兩個，個沒哪處？（小生、貼）這便怎麼處？（丑）弗要慌，介其間虧子我里小男兒。我說道：「我里相公拉丟裡向不過白相而已，並無耍個別樣事務。」不拉我三言兩句，亦塞介一個小紙包拉哩子，騙子哩去哉。（小生）好，明日有賞。（丑）賞我儕個？（小生）賞你一個老婆。（丑）癩癩癩！自家阿無得，拉秋打渾來。（小生）胡說。（丑）我也弗要吓賞哉，只要叫此人來叫介一聲丟。（小生對貼介）也罷，你就叫他一聲罷。（貼）進安。（丑）安進。（小生）狗才，什麼安進？（丑）安進點哩，快活點介。個個「進安」是我里相公叫個，儕吓也叫起來。（小生）不叫進安，倒叫你什麼？（丑）要叫……要叫「進安相公」丟。（小生）狗才，你叫了相公，我叫什麼？（丑）吓是日日叫個，我是暫時耶。（小生）這等可惡！

按　語

〔一〕本齣出自高濂撰《玉簪記》第十九齣〈詞媾私情〉。

〔二〕原刊於寶仁堂第一階段乾隆二十九年《初編‧春集》，乾隆三十六年《七編‧萬集》又選刊，後未收入十二編。

〔三〕乾隆四十七年金閶學耕堂本選刊，刊於《四編‧彩集》，乾隆五十二年嘉興博雅堂本、嘉興增利堂本仿之。

〔四〕選刊此齣的坊刻散齣選本還有：《樂府萬象新》、《樂府玉樹英》、《樂府紅珊》、《冰壺玉屑》、《詞林落霞》、《八能奏錦》、《玉谷新簧》、《摘錦奇音》、《新鐫樂府時尚千家錦》、《賽徵歌集》、《怡春錦》、《萬錦清音》、鬱岡樵隱輯《新鐫綴白裘合選》、《醉怡情》、《來鳳館合選古今傳奇》、《歌林拾翠》、《方來館合選古今傳奇萬錦清音》、石渠閣主人輯《綴白裘全集》等。選抄此齣的散齣鈔本有：中國社科院圖書館藏《集錦》、中國國家圖書館藏佚名抄《戲曲選抄》、復旦大學圖書館藏楊文元抄《戲曲選》。

（丑）咻，吾弗叫？讓我來。我里相……（小生急按丑嘴介）（丑）呸呸呸！個隻手爛煙即臭個吓。（小生）罷，你就叫他一聲罷。（貼）你要叫他朝了上、閉了眼纔叫。（小生）你朝了上、閉了眼，然後叫。（丑）吾丟快活，倒叫我閉子眼睛。也罷嘘，看相公面上，開子一隻，閉子一隻罷。（貼）啐！（推出小生、丑，關門下）（小生打丑介）咳！狗才，這等放肆！（丑）吓嘎好，推出關門丟。吾丟兩個，直頭拉丟相識我（按：當是「哉」）儕！（小生）好狗才，我在陳姑房裡借盃茶吃，什麼大驚小怪，打死你這狗才！（丑）吓嘎，出子大門就是吾大哉。（小生）放屁。（丑）倒是吾自家說嘘，半夜三更拉丟吃儕茶？阿曾幹點別樣正經了？（小生）打這狗才！這等可惡！（丑）阿呀，捉、捉、捉得來……（小生打丑，渾下）」。

燕子箋·狗洞

外：酈安道，主考官。
副淨：鮮于佶，作弊考取狀元。
雜：酈府的文書人員。

（外）

【生查子】入彀混魚珠，慚主南宮試。潦草點朱衣，笑破劉蕡齒。

　　老夫為場中誤取了鮮于佶，既負聖恩，兼生物議，連日心下十分懊惱。只這節事，終無含糊之理，定須再加覆試，自己檢舉方可。已曾著人喚那狗才去了。門官哪裡？（門官應介）有。（外）你聽我吩咐：鮮于佶若到了，便請到書房坐下。說我出衙門後身子不快，到晚間出來相陪。有封口的帖一通，叫他親自拆看，是要緊的幾篇文字，煩他代作一作。他若要回去時，也說我吩咐的，恐他寓中事多，就在此做了罷。門要上鎖！他倘若不容你鎖門，你也說是我吩咐過的，恐閒人來攪擾，定要鎖了。凡事小心在意。（門官接帖介）理會得。（外）欲防曼倩偷桃手，先試陳思煮豆吟。（下）

　　（副淨）

【前腔】酣飲玉堂回，濃抱龍陽睡。相府疾忙催，想訂紅鸞喜。

　　今日同年中相邀，飲了幾盃。與一兩個憊賴蓮子斷斷的拐子頭

睡興方濃，這些長班連報說酈老爺請講話，催了數次。我想，老師請我沒別的話講，多分是前日央他親事一節，接我對面商量。老師也是個老聰明、老在行，自然曉得我的意思了。酈飛雲，酈飛雲，你前日那首詞兒，被那燕子銜去的，倒是替我老鮮作了媒了。我好快活，快活！（長班）稟爺，到了酈老爺門首了。（門官）老爺吩咐，狀元爺到，徑請進書房中坐。（副淨笑介）這個意思就好，比往常不同，分明是入幕的嬌客相待了。（進書房介）（門官）老爺拜上，這一會身子被纏倦了，說晚間出來相陪。有一個封口帖子在此，請狀元爺親行開拆。

【一盆花】（門官）老爺呵，連日衙門有事，剛轉回私署。少息勤勳，待晚來剪燭話心期。這封書特煩親啟，便知就裡端的。（副淨接書，笑介）自然相體，果然作美，一見了這親開二字，不勝之喜。怎麼說「親手開拆」？想必是他令嬡庚帖了。我最喜的是這個「親」字兒，待開來……（開看，做認不得字，驚介）這卻不像庚帖！是些甚麼嘮嘮叨叨，許多話說，我一字不懂得。（問門官介）你唸與我聽聽。（門官）你中了高魁，倒認不得字，反來問小人。（副淨）不是這等說。我因連日多用了幾盃酒，這眼睛濛濛淞淞的，認得字不清，煩你念與我聽了，就曉得帖中是甚麼話了。（門官唸介）「恭惟大駕西狩表一道。漁陽平鼓吹詞一章。箋釋先世水經註序一首。」老爺吩咐的，這三樣文章是要緊的，煩狀元爺大筆代作一作。（副淨慌背語）罷了，罷了！我只說今日接來講親事，不料撞著這一件飛天禍事來了。這卻怎麼處？有了！門官，你多多稟上老爺，說我衙裡有些事情，回去晚間做了，明早送來，何如？（門官）老爺吩咐過的，恐怕狀元爺衙內事多，請在此處做了回去罷。文房四寶，現成在此。（移桌、拂椅

介）請，請。（副淨叫疼介）不好，不好！我這幾時腹中不妥貼，不曾打點得，要去走動走動來方好。（門官）不妨事，就是淨桶也辦得有，現成在裡面。（作鎖門介）（副淨嚷介）門是鎖不得的！（門官）也是老爺吩咐過，叫鎖上門，不許閒人來此攪亂狀元的文思。（副淨）怎麼只管說老爺吩咐的？你們鬆動些兒也好。（門官）可知道，前日該與我們舊規，你也何不鬆動些兒麼？那樣大模大樣，好不怕殺人！今日也要求咱老子。（作鎖介）（門官下介）合了黃金鎖，早磨白雪詞。

（副淨跌足介）這卻怎麼處？我從來哪裡曉得幹這樁事的麼？苦，苦！（副淨）

【桂坡羊】〔桂枝香〕從來現世，文章不濟。今朝打破砂鍋，好待直窮到底。我心中自思，我心中自思，只得踰垣而避，上天無翅。不免爬過牆去罷。（作爬溜跌下介）爬又爬不過去，怎生好？我想這樁事也忒殺欺心，天也有些不像意我了。〔山坡羊〕知之，青天不可欺。那恩師，變卦為怎的？

（門官捧茶酒上介）未見成文字，先請吃茶湯。（敲門介）狀元爺，你來，你來！（副淨喜介）謝天地，造化造化！想是開門放我出去了。（做聽介）（門官）你來門邊來，老爺裡面送出茶壺手盒在此，恐怕你費心，拿來潤筆。差小人送在此，你可在轉盤裡接進去。（副淨）你說我心中飽悶，吃不下，多謝，不用了。（門官）吃了，肚子裡面有料。（笑介）這樣好酒好茶不吃，待我拿去偏背了。如何？（笑介）他的放不出來，我的收將進去。（下）

（副淨）

【前腔】〔桂枝香〕茶湯頻至，並無隻字。分明識破機關，故作磨蘑之計。真無法可施，真無法可施，被龍門誤事。

我想牆是爬不過去的了，只得往狗洞剝相一剝相，何如……（斜視介）腌臢得兇！這裡不是我寫到廳的所在，沒奈何，要脫此大難，也顧不得了。把犬門偷覷。〔山坡羊〕且鑽之，王婆煙一溜兒。（內犬吠介）（跌足介）咦！偏是這東西，又哮哮吠怎的？（做鑽過，犬咬跌倒，起來又飛跳下介）（門官）怎麼狗這樣叫得兇，甚麼緣故？呀，這洞門口的磚塊，緣何踢下許多來了？（作開門，尋不見介）狀元爺哪裡去了？想是作不出文章來，這所在溜過去的。老爺有請！（外）不是一番寒徹骨，怎得春魁捉筆慌？狀元文字完了不曾？（門官跪稟介）〔西江月〕小人傳宣台旨，請狀元代作文章。見他意思有些慌，說自不曾受這般刑杖。（外笑）做文章怎麼是刑杖？可笑，可笑。（門官）他腳踏梅花樹上，扳枝要跳東牆，掉下來又往犬門張，（指犬門介）溜走了不知去向。（外）原來竟日不成一字，場中明白是割卷無疑！定要上疏檢舉了，快叫寫本的伺候。（雜上）不寢聽金鑰，因風想玉珂。小的寫本的叩頭。（外）我為文場中誤取榜首，要上檢舉疏，可取文房四寶來起稿則個。（寫介）

　　（外）

【黃鶯帶一封】造次主春闈，被奸徒賺大魁，自行檢舉難迴避。那霍都梁呵，是扶風大儒，將三場割取，明珠魚目須臾易。售奸欺，負恩私，請罷斥昏庸歸故里。這本稿已寫完，你們可分定扣數，連夜寫了。明早就拿個帖子，送與管金馬門內相，說我有病，叫他上了號簿，作速傳進便了。（雜）理會得了。

　　珊瑚鐵網網應稀，魚目空疑明月輝。
　　不是功成疏寵位，將因臥病解朝衣。

按 語 ✎

〔一〕本齣出自阮大鋮撰《燕子箋》第三十八齣〈奸遁〉。

〔二〕原刊於寶仁堂第一階段乾隆二十九年《初編‧白集》，乾隆
三十六年《七編‧慶集》又選刊，後未收入十二編。

〔三〕選刊此齣的坊刻散齣選本還有《醉怡情》。

千金記‧追信

生：韓信。
外：蕭何，漢丞相。

（生上）世上萬般皆是命，半點不由人。我，韓信。投楚以來，只為官卑職小，不稱吾才，為此棄楚歸漢。又著我做連廒典官，纔管得三朝職事，被楚軍燒了倉廩，同事十三人都問死罪，若非滕公放免，我韓信幾乎一命難逃。又蒙蕭丞相保舉，幸脫此難。我想起來：「瓦罐不離井上破，將軍難免陣中亡。」倘再有差失，決不饒我了。不如棄此卑職，逃回家去，見俺妻子一面。正是：命裡不該朱紫貴，終歸林下作閑。如今月朗風清，正好趲路。你看：後面又追趕來！不免打從山僻小路逃出函關，再作區處。
【新水令】恨天涯流落客孤寒，嘆英雄誰似俺半生虛幻。坐下馬空踏遍山色雄[1]，背上劍光射斗牛寒。恨塞滿天地之間，雲遮斷玉砌雕欄，揾不住浩然氣透霄漢。
【駐馬聽】回首青山，回首青山，漠漠離愁滿戰鞍。舉頭新雁，呀呀的哀怨半天寒。俺指望龍歸大海駕天關，劃地倒做軍騎勒馬連雲棧。覷英雄如等閑，堪恨無端赤緊的蒼生眼。（下）
（外、眾趕上）

---

[1]　底本作「態」，據《六十種曲》本《千金記》改。

【雙勝子】急追去，急追去，跨馬揚鞭裊，月色朦朧，程途分曉。追得此人回，山河可保，為國求賢，有誰知道？

（下）

　　（生上）

【川撥棹】幹功名千難萬難，求榮顯兩次三番。昨日個離了項羽，今又早別了炎漢，不覺的皓首蒼顏。對著這月朗回頭把劍彈，百忙裡搵不住英雄淚眼。

　　（外、眾上）韓先生，住步！

　　（生）

【雁兒落】丞相您便將咱不住趕，丞相您便將咱不住趕，俺韓信則索把程途盼。（外）韓先生，請下馬講話。（生）老丞相，噤聲。（外）韓先生，卻[2]是為何？（生）為甚麼恰相逢便噤聲？非是俺不言語將人慢。

【得勝令】呀！俺只怕叉手告人難，因此上懶下的這寶雕鞍。（外）我今奉漢天子命來請你。（生）說著這漢天子猶心困，（外）先生，敢是要投楚去麼？（生）量著那楚重瞳怎掛在眼。乘駿馬雕鞍，向落日斜陽岸。伴簑笠綸竿，俺只待釣西風渭水寒，釣西風渭水寒。（外）先生，你一事無成，往哪裡去？

　　（生）

【掛玉鉤】俺怎肯一事無成兩鬢斑，既然不用俺英雄漢，（外）先生，為什麼不別而行？（生）因此上鐵甲將軍夜渡關。老丞相，此來早已猜著你了。莫不是為馬來將人趕，

2　底本作「恰」，參酌文意改。

（外）馬值多少！老夫自來。（生）既不為馬來，有什麼別公幹？（外）請先生回去，扶助漢室江山。（生）原來為此！老丞相星前月下要請過，你著俺扶助江山，須要保奏俺掛印登壇。（外）都在老夫身上！先生，請下馬。

　　（生）

【七兄弟】半夜裡恰回還，抵多少夕陽歸去晚。潤水潺潺，環珮珊珊，冷清清夜靜水寒，這的是漁翁江上晚。

（外）喚船過來。

　　（丑扮船伕上，生、外上介）

【清江引】腳踏著跳板、手扶住竹竿，不住的把船灣。又只見沙鷗驚起蘆花岸，忒楞楞飛過蓼花灘，似禹門浪急桃花泛。

【梅花酒】呀，雖然是暮景殘，雖然是暮景殘，恰夜靜更闌。對綠水青山，正天淡雲閑，明滴溜銀蟾出海山，光燦爛玉兔照天關。呀，撐開船掛起帆，撐開船掛起帆。老丞相早未到，與這漁翁有個比方。俺紅塵中受塗炭，恁綠波中覓衣飯；俺乖駿馬去登山，恁駕孤舟怯風寒；俺錦征袍怯衣單，恁綠蓑衣不能乾；俺空熬得鬢斑斑，恁枉守定水潺潺；俺不能夠紫羅襴，恁空執定釣魚竿。俺都不道這其間，這的是煙波名利大家難，抵多少五更朝外馬嘶寒。對著這一天星斗跨征鞍，非是俺倦談，算來名利不如閑。

（上岸介，眾下）

【奈子花】劉沛公附耳低言，指日間拜將築壇。方歸私室，正欲接談，尋不見如冰投炭。急跨雕鞍去也，月下追趕回還。

【前腔】感丞相吹噓微賤，料韓信福薄緣慳。三朝典客，便遭刑憲，當不得興劉之念。言之當也，倘時來運至一朝榮顯。

　　　月下相追意頗濃，勒馬揚鞭轉蜀中。

　　　只憑一紙興劉表，早向轅門奏沛公。

按　語

〔一〕本齣主體情節、曲文接近明萬曆仇實父繪像《重校千金記》第二十三齣〈追信〉。又，〈追信〉的【新水令】、【駐馬聽】、【川撥棹】等曲源自元代金志甫撰《蕭何月夜追韓信》雜劇第二折。

〔二〕原刊於寶仁堂第一階段乾隆二十九年《初編·雪集》，乾隆三十六年《八編·千集》又選刊，後未收入十二編。

〔三〕選刊此齣的坊刻散齣選本還有：《大明天下春》、《樂府萬象新》、《樂府玉樹英》、《樂府紅珊》、《詞林一枝》、《摘錦奇音》、《新鐫樂府時尚千家錦》、《賽徵歌集》、《萬壑清音》、《怡春錦》、鬱岡樵隱輯《新鐫綴白裘合選》、《醉怡情》、《來鳳館合選古今傳奇》、《歌林拾翠》、《方來館合選古今傳奇萬錦清音》、聞正堂刊《綴白裘全集》、石渠閣主人輯《續綴白裘》。選抄此齣的散齣鈔本有中國國家圖書館藏佚名鈔《戲曲選抄》。

千金記‧十面

生：韓信，漢大將軍。
淨：項羽，楚霸王。
雜：魏豹，漢將。
閔：閔子奇，漢將。
呂：呂馬通，漢將。

（生上）*1*

【點絳唇】天淡*2*雲孤，怨雲愁霧。施英武，威鎮征夫，取勝如神助。*3*

【混江龍】全按著週天之數，九宮八卦立錕鋙。俺怎敢差池*4*了旗號，錯配了軍卒？安排下走虎飛龍扶社稷，準備著釣鰲網索困江湖。*5*

1　學耕堂本作「吹打，四小軍、末曹參，引生上」。

2　學耕堂本作「澹」。

3　【點絳唇】後，下支【混江龍】前，學耕堂本有科、白：按列兵機神鬼欺，胸藏妙計少人知。不施萬丈深潭計，怎得驪龍頷下珠。（小軍下）俺，韓信。昨蒙聖上命我擒拿項羽，不免到九里山前，擺下十面埋伏陣勢，擒拿項羽也。

4　學耕堂本作「俺怎肯差誤」。

5　【混江龍】後，下支【倘秀才】前，學耕堂本有科、白：曹參，傳眾將上壇聽令。（末）吓。元帥有令，傳眾將上壇聽令。（外、小生、付、丑上）眾將打恭。（生）眾位王侯少禮。（眾）不敢。（生）聽吾號令。

【倘秀才】[6]第一陣乾為天，天門引戰。第二陣坎為水，居底同謀。第三陣艮為山，深伏隘口。第四陣震為雷，實若還虛。第五陣巽為風，煙塵浩蕩。第六陣離為火，火號成渠。第七陣坤為地，移花接果。第八陣兌為澤，潛住蹤跡。[7]第九陣安營下寨，第十陣惡黨會凶徒。[8]上按著九天紛紛殺氣，下鎮著九泉一似荒蕪。饒你有萬人之敵，直殺得力盡筋舒。[9]縱有那除天可害，[10]難逃俺十面埋伏！天之道，天之理，天之數，張良用黃公三略法，俺韓信用呂望六韜書。（淨上，戰下）[11]

　　（生）

【油葫蘆】只聽得吶喊搖旗齊操[12]鼓，縱征駞親去取，自[13]今番一陣定個贏輸。為君的開基創業齊天福，為臣的安邦定國上功勞簿。[14]平地上起一座戰場，高阜處列著帥府。更有那張司徒、蕭丞相和那劉高祖，韓元帥山頂上運機

6　底本牌名脫，據明天啟西爽堂刊《萬彙清音》、學耕堂本補。

7　學耕堂本作「潛住那踪迹」。

8　學耕堂本作「第十陣惡黨兇徒」。

9　自「上按著九天紛紛殺氣」至「直殺得力盡筋舒」四句學耕堂本無。

10　學耕堂本作「饒你有萬人之勇」。

11　【倘秀才】後，下支【油葫蘆】前，學耕堂本的科、白是：與俺掠陣者。（淨上，眾合戰下）（生）好一場廝殺也！

12　底本作「噪」，從學耕堂本改。

13　學耕堂本作「只」。

14　學耕堂本作「為君的要開基創業齊天福，為臣的要安邦定國上那功勞簿」。

謀。¹⁵（淨上，戰下）¹⁶

（生）

【天下樂】只聽得動一派簫韶也那頻¹⁷奏曲，霸主可高也呼，¹⁸罵俺是一餓夫。¹⁹俺只待立劉邦覷如糞土。²⁰山頂上常捉拿，²¹縱征駟親去取，他²²不隄防列千枝腳蹬弩。（淨上，戰下）²³

（生）

【哪吒令】我這裡望上射，似飛蝗驟雨，望下砍大刀巨斧。²⁴密匝匝隊伍，密匝匝隊伍，要擒拿²⁵項羽。見樊噲旗在手，磨向垓心處，²⁶正點起百萬的這軍卒。²⁷（淨上，戰下）²⁸

（生）

15　學耕堂本作「韓元帥在山頂上只是運機謀」。

16　學耕堂本作「淨、外上，戰下」。

17　底本作「品」，從學耕堂本改。

18　學耕堂本作「霸王便高叫也呼」。

19　學耕堂本作「罵韓信一餓夫」。

20　學耕堂本作「俺只待立劉邦覷恁如糞土」。

21　學耕堂本作「山頂上常只是活捉拿」。

22　學耕堂本沒有「他」字。

23　學耕堂本作「淨、小生上，戰下」。

24　學耕堂本作「俺這裡望上射，似飛蝗驟雨，望下砍大刀和那巨斧」。

25　學耕堂本作「那」。

26　學耕堂本作「便磨向那垓心內」。

27　學耕堂本作「正點起百萬軍卒」。

28　學耕堂本作「淨、付上，戰下」。

【鵲踏枝】[29]一個個挺著胸脯，一個個縱著虎軀。卻便是斬瓠絕瓜，刈葦芟蒲。口吐出狼煙似氣毒，他不隄防先有了埋伏。（淨上，戰下）

（生）

【村里迓鼓】都只為始皇無道，上蒼、上蒼發怒。[30]天差下項羽占世界，龍蟠、龍蟠虎踞。[31]一壁廂立[32]著旗號，施著戈甲，篩鑼擂鼓。更有那八千子弟，三傑人物，爭天下，競帝都，他先立起英雄霸主。[33]（淨上，戰下）[34]

（生）

【元和令】[35]漢高王有福分，漢高王有福分，[36]我[37]韓信死扶助。九里山施展六韜書，大會垓親擺布。托賴著聖明天子百靈扶，子房公高埠處，悲歌聲能散楚，悲歌聲能散楚。[38]（淨上，戰下）[39]

---

[29]　學耕堂本這支在【青歌兒】之後。

[30]　學耕堂本作「多只為始皇無道，因此上，上蒼、上蒼來發怒」。

[31]　學耕堂本作「龍蟠虎踞」。

[32]　學耕堂本作「列」。

[33]　學耕堂本作「他呵先立起英雄霸主」。

[34]　學耕堂本作「淨、丑上，戰下」。

[35]　學耕堂本這支在【耍孩兒】之後，【寄生草】之前。又，學耕堂本這支之後有科、白：（眾同上）（生）眾將官。（眾）有。

[36]　底本作「分福」，從學耕堂本乙正。又，以上「漢高王有福分」兩句學耕堂本只有一句，未疊。

[37]　學耕堂本作「俺」。

[38]　以上「悲歌聲能散楚」兩句學耕堂本只有一句，未疊。

[39]　學耕堂本【元和令】後的科白是：（眾同上）（生）眾將官。（眾）有。

（生）

【上馬姣】⁴⁰更有那響鐵夫，百萬餘，一個個流淚濕征服。⁴¹楚歌聲盡軍營裡，⁴²覷一個個無，⁴³不覺的散了軍卒。（淨上，戰下）⁴⁴

（生）

【游四門】中軍帳裡夢回初，原來霸主欲登途。⁴⁵那虞姬親把離情訴，腰下借錕鋙，血濺了美人圖，血濺了美人

40　底本作「步步嬌」，從學耕堂本改。

41　學耕堂本「一個個流淚濕征服」前有帶白「呀」。

42　學耕堂本作「楚歌聲盡在那軍營裡」。

43　學耕堂本作「覷一個個也無」。

44　【上馬姣】後，下支【游四門】前，學耕堂本的科介、曲文是：（淨、外上，戰下），（生）【賞宮花】俺只見雄赳赳的將軍摧著戰纛，昏慘慘愁雲遮著太虛。山頂上鳴金也那擂鼓，漢高王、眾宰輔手指空屬高呼，罵道里沛劉王跨下夫。縱馬橫鎗親去取，喘喘的開弓也那蹬弩，冷冷的雨點似發軍卒。（淨、小生上，戰下）（生）【青歌兒】想那廝情理可怒，空叫俺短嘆長吁，罵俺是盜墓偷瓜賊匹夫。他今日中了俺機謀，這十面埋伏，殺的他兵也無，怎見東吳？羞向江東借兵卒！（四將同上）（生）【鵲踏枝】一個個挺著胸脯，一個個縱著彪軀。卻便似斬瓜截瓜，刈葦芟蒲。口吐著狼烟一似氣毒，他每不隄防先有了埋伏。（淨上，合戰下）（生）【勝葫蘆】俺只見忽喇喇的旌旗在手空中舞，俺韓信運機謀，正東上英布、王陵排著隊伍，東南上英布和那羅綰，正南上張邯和那陸賈，西南上張耳共陳餘，正西上周勃、周昌、周亞夫，西北上彭越正著邊隅，正北上三齊王是俺的元帥府，東北上呂馬通相扶助。將一個楚重瞳攔住，便是那鐵石兒見了也長吁！（淨、付上，戰下）。

45　學耕堂本作「原來是霸王欲登途」。

圖。⁴⁶（淨上，戰下）

【後庭花】休休休、休強取；天天天、天喪楚。他本是出水金精獸，困了個巴山白額虎。那漢更不服輸，施展他拿雲握霧，隔斜裡猛撞出。急急似漏網魚，困騰騰無走處。暗嗚聲口嘆吁，拔山力手強舉，不由人不怕懼，不由人不怕懼。

　　（又上，戰下）⁴⁷

【耍孩兒】正撞著九江王、九江王英布，怎逃出俺十面埋伏？⁴⁸烏江不是無船渡，錯走入陰陵路，恥向東吳。⁴⁹

　　（淨上）來將何名？（雜扮魏豹上）魏豹大將軍，何須問姓名！滾鞍須下馬，饒你這殘生。（淨）魏豹，魏豹，我曾救你一十八口家眷，今日為何也來擋我東歸？（魏）韓元帥在山頂上摩旗……和你假戰三合，放你過去。（戰下）（生）何將放走項羽？（眾）魏豹。（生）拿去砍了！大將閔子奇聽令：可扮作小泊亭長，駕一小舟，在烏江渡口。待項羽來時，詐言是江東父老迎接，渡人不渡馬，渡馬不渡人。不可違令！（閔）得令。（生）大將呂馬通聽令：汝可扮一田夫，站在陰陵路口。待項羽來時，指他烏江去路。小心在意！（呂）得令。（生）如有人取得項羽首級者，賞以千金，官封萬戶。⁵⁰

46　「腰下借鋃鐺，血濺了美人圖，血濺了美人圖。」學耕堂本作「腰下借鋃鐺，血濺美人圖」。

47　學耕堂本沒有「淨上，戰下」，沒有【後庭花】，沒有「又上，戰下」。

48　學耕堂本作「難逃十面埋伏」。

49　學耕堂本作「錯走陰陵路，羞恥向東吳」。

50　自「（淨上）來將何名？」至「官封萬戶」一段學耕堂本無。

【寄生草】將霸主[51]困在那垓心內，九里山一字兒擺著陣圖。更有那張司徒吹起傷心曲，眾兒郎流淚思鄉故，吹散了八千子弟歸何處？將軍你[52]有何面目向東吳？這的是烏江不是無船渡。[53]

51　學耕堂本作「王」。

52　學耕堂本沒有「你」字。

53　【寄生草】後學耕堂本有科、白、曲：（淨、丑殺上）（淨）住了！殺了半日，不曾問得姓名。來將何人？（丑）我乃魏豹大將軍，何須通姓名！滾鞍須下馬，饒你潑殘生。（淨）吥！魏豹，你在彭城，曾救你一十八口家眷，今日也來擋俺去路麼？看鎗！（丑）大王，我豈不知？爭奈樊先鋒在山頂上磨旗……也罷！同你假戰三合，放你過去。（淨）好難為你！只是孤家的鎗尖利害，你須仔細者。（殺下）（生）何人放走項羽？（眾）魏豹。（生）拿去砍了！隨我追到烏江去。（眾）得令。（合）【煞尾】一命喪錕鋙，兩國分勝負。三畧法開疆展土，四面安營攔住去路。五侯將雲遮枯木，六載崎嶇七尺身軀一旦無。八方拱服九州親，俺韓元帥十年辛苦在帝皇都。（同下）。

按 語

〔一〕吳新雷教授考證指出，元末明初佚名撰北曲散套〈大埋伏〉描述韓信在九里山前擺下陣勢，圍困項羽事，收於明嘉靖《雍熙樂府》卷四，計有【點絳唇】、【混江龍】等七支。明萬曆年間崑班藝人用此套配上科白，並增【村里迓鼓】、【青歌兒】等，成為單折戲齣，俗稱〈大十面〉，劇名題《千金記》。

〔二〕原刊於寶仁堂第一階段乾隆二十九年《初編・雪集》，乾隆三十六年《八編・千集》又選刊，後未收入十二編。

〔三〕乾隆四十七年金閶學耕堂本選刊，刊於《三編・祥集》，乾隆五十二年嘉興博雅堂本、嘉興增利堂本仿之。

〔四〕學耕堂本的曲牌依序是【點絳唇】、【混江龍】、【倘秀才】、【油葫蘆】、【天下樂】、【哪吒令】、【村里迓鼓】、【上馬姣】、【賞宮花】、【青歌兒】、【鵲踏枝】、【勝葫蘆】、【游四門】、【耍孩兒】、【元和令】、【寄生草】、【煞尾】。其中【賞宮花】與【青歌兒】二支是學耕堂版獨有，其他選本未見。

〔五〕選刊此齣的坊刻散齣選本還有：《萬壑清音》、《醉怡情》、《樂府歌舞台》、閶正堂刊《綴白裘全集》、《歌林拾翠》、《來鳳館合選古今傳奇》。

西樓記‧錯夢

生：于鵑，字叔夜，御史之子，書生。
小生：于叔夜的生魂。
老旦：夢中的老鴇。
小旦：夢中的青樓婢女。
淨：夢中的名妓穆素徽。

（生）

【二郎神慢】心驚顫，見冷浸碧湖一片。一簾花影半床書，抱膝呻吟賦索居。今夜月明應有夢，愁多未審夢何如。我，于鵑。為想素徽，只願一病而亡，決絕了這段姻緣。誰想痴魂不斷，三日後心口還熱，被父親救醒，依舊相思。如今半生不死，重又悲傷起頭，敢是孽情未完，魔君還不肯饒我？

【集賢賓】只道愁魔病鬼朝露捐，奈依舊纏綿。祇剩吁吁一線喘，鎮黃昏兀首無言。風簾自捲，燈火暗寂寥書院。月漸轉，想照到綺窗人面。

書又沒心看，做什麼好？前日袖他花箋上的親筆，不免將來玩味一番。

【二郎神換頭】花箋，鍾王妙楷，晶晶可羨，羨殺你素指輕盈能寫怨。記西樓按板，至今餘韻潺湲。怎奈關山憶夢遠，想花容依稀對面。漫俄延，但願得撲琅生立向燈前。待我閉了眼，模擬他一番。

【貓兒墜】虛空模擬，閉眼見嬋娟，假抱腰肢摟定肩，依稀香氣鬢雲邊。我的心肝，悄叫一聲似聞嬌喘。素徽，我與你縱是緣慳分淺，難道夢裡的緣分也沒有了？今夜天色如水，河影如練，想幽夢可通，芳魂不隔，多應趁此月明來也！只怕夢中去路茫茫，我夢來尋你，你夢又來尋我，兩下不能夠相值了。咳，想你愁多無寐，此時政*1*未睡也；想你倦極無聊，此時多應睡了。且虛著半枕，待你夢來，萬一徘徊半晌，也不負此良夜也。

【尾聲】夢中萬一重相見，再向西樓續舊緣。（睡驚醒介）奈剛得朦朧還覺轉。（睡介）（小生扮生魂上）十里平康風露幽，美人家住大橋頭。匆匆尋向東橋去，不見當初舊酒樓。我，于鵑。乘此夜靜偷訪素徽，不知何處是他家？

【新水令】秋高氣爽雁行斜，暗風吹亂蛩悲咽。這般寂靜，想是夜深了。平康人靜悄，深巷路紆折。犬吠不迭，舊遊地。鏤月為歌扇，裁雲作舞衣，是這家也。（叩門介）

（老旦上）

【步步嬌】看取誰行敲門者，滿地昏黃月。階前鼓架斜，卻不道樹暗朱扉，絆了人跌。啟戶漫迎接，（小生揖介）那書生向我深深喏。（小生）媽媽，夜靜更深，勞動媽媽開門。（老旦）有客在堂，不便告茶。（小生）怎麼待得我這般冷落？

【折桂令】怪相逢款待疏節，媽媽，（老旦慢應介）（小生）

1　疑是「仍」。這個字《劍嘯閣自訂西樓夢傳奇》、汲古閣本《西樓記》、《纏頭百練二集》、《玄雪譜》、《新鐫歌林拾翠》、《醉怡情》、《來鳳館合選今傳奇》、《方來館合選古今傳奇萬錦清音》都作「政」，《樂府歌舞台》作「正」，但「政」、「正」都不通，疑是形訛——最早版本的寫工混淆「政」、「仍」二字。

懶應遲言，沒甚幫貼。素徽一向身子安否？（老旦）也沒有什麼不好。（小生）倩伊行問我佳人，向他殷勤寄語，快請相接。（老旦）有客在裡面，不得工夫迎接。（小生）素徽是極愛我的，曾把終身許我，怎麼不出來一見？（老旦）我素徽從不曾認得你，哪裡說起！（小生）阿呀，那日扶病而出，你也在那裡，怎麼生巴巴就變了卦？把婚姻霎時賴者，（老旦）你敢是醉了。（小生）反道我夜深沉醉語痴邪。（老旦閉門下介）（小生）媽媽！呀，徑自閉門進去了。看他徑鎖門撅，將人不睬而別。俺待打斷銅環，踹破雙靴。待我再叩門。（小旦上）樓上已搥三棒鼓，房中摔碎一枝花。（見生介）（生）呀，小姐姐，你家素徽可曉得我于叔夜在這裡，有甚話說麼？

　　（小旦）

【江兒水】繡戶傳嬌語，兒郎枉歎嗟。俺家姐姐說：從來不認得于叔夜。（小生）呀，我只道媽媽怠慢我，原來你姐姐也不認得我了！我為他一病幾亡，堅志不娶，他便反面無情，死生之約安在哉？青樓薄倖，一至于此。快請他出來當面回，我死也死在他身上！（小旦）他哪得工夫出來？（小生）他在裡面則甚？（小旦）他在舞榭歌臺薰蘭麝。（小生）出來片刻也不妨。（小旦）鸞笙象管難拋捨。（小生）怎生發付我？（小旦）尊駕不如歸也。（小生）倘等在此，幾時出來？（小旦）或是酒散筵撤，或者醉遊明月。（內叫，小旦下）（小生）[2]又閉門了，我待打進去……且住，倘素徽當面還有好意，反失雅道，不如再耐性等著。好生焦躁人也！

2　底本作「生」，參酌文意改。

【雁兒落帶得勝令】俺則受狠虔婆面數說，又被那小妮子輕拋撒。莫不待分開咱連理枝，敢待要打散俺同心結？呀！好教人盼殺畫樓遮，聽簫鼓正喧熱。待等得腳趔趄心焦躁，看看待斗初橫月又斜。冤業，須待當面相決絕；痴呆，只索眼睜睜看定者。

（淨旦，[3]眾扮僕從同上）

【僥僥令】銀河清影瀉，珠斗澹明滅。夜漏沉沉天街靜，醉擁著佳人閑步月。

（小生）

【收江南】呀！珮環聲恰逐彩雲斜，綺羅香好被晚風揭。這個是素徽！我便撞死在他身上，也說不得了。（淨、眾）吓！什麼人這等無禮？（旦換臉介）（小生）分明是他，怎麼近身變了奇醜婦人？毫釐不像！與西樓相會那嬌怯，全不似半些，全不似半些，好教我渾身是口費分說。

（淨、眾）

【園林好】這書生胡言亂說，驀忽地狎人愛妾，敢把我拳頭輕惹。請吃打，漫饒舌。請吃打，漫饒舌。（下）

（小生）

【沽美酒帶太平令】待將咱死誓決，待將咱死誓決，只道是素徽也，錯認了村姬遭嫚褻。莫不是素徽形容已改，風流體態不可得了？是分明看者，早知道變了枯癟。看這個就是他，我也還要問個明白，不道被這些狠奴打散了……呀！霎時間人都不見，一派都是大水！怎麼處？纔轉眼雲容山疊，見浩渺水光天

3　指「淨」扮演旦腳穆素徽。

接。舊西樓迢迢難越，還怕向怒濤沉滅。我呵！一霎時聽些，見些，是河翻，海決。呀！嚇得人魂飛魄絕。（下）

　　（丑上）（生醒介）好大水。（丑）相公，什麼大水？

【清江引】猛抬頭看來一會呆，（生）怎地刀鎗密密？（丑）這是筆架。（生）前面都是城池？（丑）這是庭下荒臺榭。（生）火起了？（丑）這是爐煙裊慢風。（生）鬼來了？（丑）這是樹影搖窗月。（生）這是哪裡？（丑）是老爺的衙署，相公的書房。（生）我的真素徽此時你在何處也？

按　語 ✎

〔一〕本齣出自袁于令撰《西樓記》第二十齣〈錯夢〉。

〔二〕原刊於寶仁堂第一階段乾隆二十九年《初編・雪集》，乾隆三十六年《八編・長集》又選刊，後未收入十二編。

〔三〕選刊此齣的坊刻散齣選本還有：《玄雪譜》、《纏頭百練二集》、《新鐫歌林拾翠》、《樂府歌舞台》、《醉怡情》、《來鳳館合選古今傳奇》、《方來館合選古今傳奇萬錦清音》、聞正堂刊《綴白裘全集》。選抄此齣的散齣鈔本有：中國國家圖書館藏佚名抄《曲選》、中國社科院圖書館藏《集錦》。

義俠記・顯魂

小生：武松的下屬。
生：武松，武大郎之弟，都頭。
貼：潘金蓮，武大郎之妻。
老旦：王婆，王媽媽，潘金蓮乾娘，媒婆、牽頭。
鬼：武大郎魂。
末：何九叔，仵作。
丑：鄆哥，武大郎的鄰居、朋友。

　　（小生扮士兵，隨生上）
【山坡羊】遠迢迢他鄉傳信，慢悠悠英雄自哂。望巴巴盼不到吾兄宅前，急煎煎欲把平安問。來此已是哥哥門首了，開門在此，不免逕入。阿呀！為何供著靈位？敢是吾眼乍昏夢魂中認不真。待吾看來：「亡夫武大郎之位」。吓！如此說，吾哥哥沒了！啊呀哥哥吓……且住！不知怎麼樣死的。士兵，請大娘出來。（小生）大娘有請。（貼內）怎麼說？（生）嫂嫂，吾武二回來了。（貼）叔叔請外邊少坐，吾就出來了。啊呀天哪……（生）他緣何應了行還進？早難道叔嫂之間不當通問？

　　（貼哭上）阿呀天哪！只見你送兄弟，不見你接兄弟，丟得吾好苦吓！（生）嫂嫂且住了哭，吾哥哥幾時死的？犯什麼病症？吃誰人的藥來？（貼）不要說起！自從你去兩月餘，偶患心疼不可醫。（生）住了，吾哥哥從來沒有什麼心疼病，怎麼樣死的？

（貼）問卜求神俱不效，一朝身死苦無依，撇得吾好苦吓！（生）如今葬在哪裡？（貼）家中窄狹，三日後抬出去燒化的。（生）倒做得乾淨相。（老旦上）聞得武二回來了，待吾進去看。阿呀，二官人回來了麼？（生）王媽媽，吾正要問你，吾哥哥是什麼病症死的？（老旦）是心疼病死的。（生）是心疼病死的？吓，吾哥哥從來沒有什麼心疼病的。（老旦）二官人，天有不測風雲，人有旦夕禍福。（生）說得是。（老旦）二官人回來可曾吃點心麼？（貼）正是，叔叔外首坐坐，待吾收拾點心出來。（二旦下）（生）上兵，你去買些酒餚、香燭、紙定，待吾祭奠一番。（小生應下）（生）想吾兄弟兩個好命苦！吾和你自幼喪雙親，骨肉相看只兩人，你今做了亡魂去，形影相依只此身。[1]

　　（小生上）都頭，香燭、紙定多有了。（生）擺著，你自迴避。（小生應下）（生）阿呀吾那哥哥吓！吾做兄弟的那日起身呵，

【前腔】想吾去匆匆程途忙奔，見你哭哀哀別離未忍。生擦擦連枝鋸開，哀噎噎雙雁驚分陣。吾那哥哥吓，那日兄弟起身，可不道來：你是個軟弱人，必竟啣冤喪了身。若還果有沖天恨，就在夢裡鳴冤，與你報仇雪忿。方纔那王婆說，誰人保得常無事，他雖云，旦夕之間禍福分。想吾那嫂嫂，怎麼不等吾回來？竟燒化了，可不作怪！他聽誰人？三日之間火葬身。阿，三鼓了，吾那哥哥吓！正是：一滴階前酒，何曾到九泉。做兄弟的今晚就在靈前伴你了，阿呀哥哥吓……（睏介）（鬼上）兄弟吓，你居來哉麼？吾做阿哥個，死得好苦阿！

1　底本「雙親」、「骨肉相看只兩人」、「亡魂」、「形影相依只此身」闌入賓白，據明萬曆繼志齋刊《義俠記》（《古本戲曲叢刊》初集景印）改。

【憶多嬌】苦殺人，痛殺人，旹耐無知潑賤人，把吾一身來害殞。痛苦難禁，痛苦難禁，望你報仇雪忿。吾做阿哥個，死得好冤枉吓！替吾報仇，吾去哉。（下）

（生）哥哥吓，哥哥……呀，方才明明看見吾哥哥向吾訴冤，一霎時就不見了。吾那哥哥吓……吾想這一死，好不明白也！

【賞宮花】且待來朝廣詢，聽樵樓更漏頻，此夜偏長永，怨氣共氤氳。天明了。吓，嫂嫂，吾且問你，哥哥的棺木誰人買的？（貼內應）是間壁王乾娘買的。（生）哪個抬去燒化的？（貼內應）是團頭何九叔抬出去燒化的。（生）吾想王婆是個隻身，哪有銀子買棺木？事有可疑了，吾如今只問何九叔便了。只說夜眠清早起，誰知吾是不眠人。來此已是，到了。開門，開門。

（末上）

【其二】有誰來敲門？阿呀，感都頭不棄貧。（生）何九叔，吾哥哥的屍首是你看見的，你可實對吾說。（末）是吾檢殮的。都頭，吾進去拿一見東西與你看。（下）（生）你要進去麼？不怕你飛上了天去。（末上）這幾塊酥[2]黑骨，是你令兄的骨殖。（生）吓，如此，是中毒的了！（末）還有十兩雪花銀，西門慶與吾的。（生）吾不問你銀子，你對吾說，奸夫是誰？（末）都頭，這個不曉得。（生）吓？你不曉得。何九，你曉得吾性兒不好！（末）都頭，只聞得令先兄曾與鄆哥去捉姦，只問鄆哥就知。（生）你同吾去。（末）當得。都頭，勸你得放手時且放手，得饒人處且饒人。（合）鄆哥開門。

（丑上）羅個來哉？

2　底本作「蘇」，據明萬曆繼志齋刊《義俠記》改。

【其三】原來是都頭屈尊，（生）吾要問哥哥的事情。（丑）
阿是為你丑阿哥個事務麼？吾先猜八九分。（生）吾問你，奸夫
是誰？（丑）你道奸夫是羅個了？就是西門慶嘻。（末）吓！就是西
門慶。（丑）你要告渠，吾是干證拉里。（生）好兄弟！既如此，同
去見官。（丑）單是一件，親老誰供膳？怎好離家門。（生）
吾的事情怎好累你。吾有五兩銀子在此，你拿去安家，對你母親說
聲，就同吾去。（丑）是哉。阿姆，銀子拉里，拿子進去羅把米、
買束柴且吃得去。吾跟都頭去去來也。（內應界）（末）吾想，你
哪裡曉得。（丑）世上本無難做事，常言只怕有心人。
　　　（生）

【其四】相煩你們，到官司訴此因情。（內）掩門。（生）
退了堂了。（丑）都頭今夜住拉吾里子，明朝候早堂便罷。（末）
說得有理。（生）只得同回去，明日再評論。（丑、末合）都
頭，只得同回，願把劍誅無義漢，還將金贈有恩人。（同
下）

按　語

〔一〕本齣出自沈璟撰《義俠記》第十七齣〈悼亡〉，增加了【憶
多姣】一支。
〔二〕原刊於寶仁堂第一階段乾隆二十九年《初編‧雪集》，乾隆
三十六年《七編‧同集》又選刊，後未收入十二編。

義俠記‧殺嫂

老旦：王媽媽，武家的鄰居、潘金蓮乾娘。

貼：潘金蓮，武松的嫂嫂。

生：武松，都頭。

淨、旦：武松的下屬。

末：何押司，仵作。

小生：姚二，武家的鄰居。

丑：趙四，武家的鄰居。

付：西門慶，潘金蓮的情夫。

　　　（老旦上）

【不是路】烏鴉對咱喳喳聲噪，好教吾心內添焦。吉凶禍福應難料，且自回覆那多嬌。（貼上）吾煩乾娘去打聽，怎不見他來回報？事體如何怎樣了？（老旦）休煩惱，休煩惱，那冰山之勢化成半杯雪消。（貼）謝天天周全奴，好感伊成就鸞交。想恩山義海恩難報，侍奉你暮年高。（合）吾聞他去請眾鄰到，為甚緣由設席招？難猜料，難猜料，武二回來時便有個分曉。

　　　（淨、旦、生上）

【引】一片熱心，且把冷氣虛情酬禮。（生）呀，王媽媽先在此了。（老旦）正是，都頭。（生）嫂嫂！（貼）叔叔。（生）你陪王媽媽在此坐坐，吾去請眾高鄰就來。（二旦應）士兵，看

著。（淨應）（生）列位高鄰，有請。

　　（末、小生、丑上）

【引】荷相招設席啣盃，撥窮忙，辭別冗[1]，翻成高會。

（生）請，遠親不如近邊鄰里。（眾）都頭拜揖了。（生）列位高鄰、大嫂。（貼）列位。（眾）王媽媽。（老旦）眾高鄰。（眾）都頭回來，吾們還沒有接風；令先兄亡了，吾們還不曾奉弔，反來相擾。（生）豈敢，家兄在日，多蒙列位高鄰照顧，今日不請別客，只得你們幾位。何押司！（末）都頭。（生）請上坐。（末）多謝。（生）姚二哥這邊坐。（小生）是。（生）趙老四請那邊坐。（丑）是哉。（生）王媽媽。（老旦）老身在此。（生）你在這裡坐。（老旦）曉得。（生）士兵，把前後門鎖了。（旦、淨）吓。（丑）勿要鎖哉，吾里再弗逃席個便罷。（生）斟酒。列位高鄰。（眾）都頭。（生）小弟有事在身，不能奉陪，請各便。（眾）多謝。（淨）一盃乾。（生）再斟。（淨）二盃乾。（生）再斟。（淨）三盃乾。（生）酒須慢飲。（眾）都頭，今日之酒為何而設？（生）列位高鄰在上，今日三盃酒，休將作等閑。（眾）多謝。（生）慢勞相答謝，不為解愁煩。士兵，取紙筆過來。（眾）要它何用？（生）何押司，吾勞你一一從頭寫。（末）當得。（生）姚二哥、趙四老。（小生、丑）怎麼？（生）吾憑伊作證[2]盟。（眾）曉得。（生）冤家非路窄，天理有循環。吾武二今日呵：

1　底本作「見」，據明萬曆繼志齋刊《義俠記》（《古本戲曲叢刊》初集景印）改。

2　底本作「征」，參酌文意改。

【尾犯序】冤債到頭日，（貼）阿呀吓，阿呀！（合）且從容與伊，說個詳細。（貼）阿呀叔叔吓！（生）狗淫婦，你把吾兄，卻便如何謀死？（貼）阿呀叔叔吓！你冤誰？（生）誰說冤誰？（貼）不是呢！（眾）不是。（貼）伊哥哥死為心疼病傷，（眾）心疼病，寫了。（生）吾哥哥沒有心疼病的。（眾）吓，有的。（貼）與奴家沒些首尾。（合）夫和婦，似同林宿鳥限到兩分飛。

（生）咳！

【前腔】從伊，假哭與佯悲，也難逃徹地滔天之罪。（老旦）阿呀都頭，非干老身之事。（生）老淫婦，啐！快把真情，一一向前說起。（老旦）阿呀都頭吓！咨啟，怎消得都頭怒氣，（眾）都頭請息怒。（老旦）容老身將情訴與。（合）真和假，（生）列位吾煩伊盡寫休得有差池[3]。

（眾）王婆吓：

【前腔】你何必直恁推？從頭直說，倘得饒伊。（生）列位，他若不招時，吾把淫婦凌遲。（丑）個使不得。（生）咳！（貼）阿呀叔叔吓，停威，非是吾生心故為，阿呀王婆！（老旦）不干吾事呢！（貼）多是你教唆到底。（合）成和敗，多是蕭何做出悔之遲。

【前腔】（生）你從實訴口詞，莫藏頭換尾，展轉挪移。（貼）待吾說。（眾）都頭，放他起來說。（生）跪在靈前講！（眾）快些說！（貼）他哄吾成衣，入馬偷期。（老旦）說不得的。（生）啐！老淫婦快說，不說，吾砍下來了。（貼）阿呀，

3　底本作「遲」，據明萬曆繼志齋刊《義俠記》改。

撥置，踢傷後只說道藥醫。⁴（生）怎麼樣謀死的？（貼）他教吾把毒藥將他灌死。（生）哥哥！兄弟今日與你報仇雪恨。（合）兄和弟，人間地底兩無虧。（殺貼下）

　　（眾）阿喲喲，這是哪裡說起！（生）士兵，把老淫婦鎖了。列位少待，吾去殺了奸夫西門慶來開了門。（下）（淨）吓。

　　（眾）王婆吓：

【駐雲飛】討得多少便宜？著什來由惹是生⁵非？你牽頭罪，今日搥胸悔。多是你老奸賊，害了三人做鬼。把一命償他，還是便宜你。（老旦）伏望高鄰替解圍。（眾）但願龍天與護持。（付上）阿呀，清平世界，武松殺人嚧。（生）狗男女，哪裡走！（殺下）

　　（生）

【前腔】白刃輕揮，心事還同白日知。（眾）都頭，這是何人首級？（生）是奸夫西門慶。才正奸淫賊，方顯男兒氣。（眾）咄！冤報不差遲，簷前滴水。（老旦）看他結髮相連，不干吾牽頭事。（生）哇！快口強辭⁶任你為，且到公庭悔後⁷遲。士兵，把老淫婦押到縣前。（眾）都頭，這是口詞，請收了。（生）待吾把兩個頭祭獻哥哥一番。（眾）有理！吾每大家同拜。

【鷓鴣天】一劍分明慰旅魂，休將修短問乾坤。堪憐獨自

4　底本作「踢傷後謝只說道藥醫」，據明萬曆繼志齋刊《義俠記》刪。

5　底本作「多」，參酌文意改。

6　底本作「身」，據明萬曆繼志齋刊《義俠記》改。

7　底本作「若」，據明萬曆繼志齋刊《義俠記》改。

成千古，但見依然舊四鄰。（眾）吾們便怎麼處？（生）列位高鄰，你們不要散了，多隨吾到縣前去，決不累你們。隨吾來，隨吾來。（下）

按　語

〔一〕本齣出自沈璟撰《義俠記》第十八齣〈雪恨〉，開頭增加了兩支【不是路】，表現潘金蓮與王婆的忐忑心情，提昇懸疑感。

〔二〕原刊於寶仁堂第一階段乾隆二十九年《初編・雪集》，乾隆三十六年《七編・同集》又選刊，後未收入十二編。

安天會·胖姑兒

付：老張，胖姑與王六兒的爺爺。
貼：胖姑，老張的孫女。
丑：王六兒，老張的外孫。

　　〔付〕縣令廉明決斷，良吏胥不許下村莊。連年黍麥收成足，一炷清香答上蒼。自家乃長安城外太平莊上一個老實頭老張便是。今有國師唐三藏，往西天五印度去取大藏金經，那些勝會好不熱鬧！我家胖姑兒與王六兒同去看了，我也要和他每去。我老人家趕不上他，只得回來了。說道好熱鬧，等他們來家，教他敷演我聽。怎麼還不見他們回來？（貼內）王六兒，走吓。（丑）胖姑兒，走吓。
　　（貼）
【豆葉黃】胖姑、王六走得來偏疾，王大、張三去得個便宜。胖姑兒天生對我這忑認的中表噯相隨，壯王二離了官廳直到的這家裡。（貼、丑同白）爺爺。（付）你們回來了嗎？（貼、丑）正是，回來了。（付）看的勝會可熱鬧？（丑）熱鬧得緊。（付）說與我聽。（貼）王六兒，說與爺爺聽。（丑）胖姑兒，你精精細細說給爺爺聽。（貼）待我來說。
【新水令】不是俺胖姑兒心精細，則見那官人們簇擁一個大擂槌。（付）王六兒，什麼叫做「擂槌」？（丑）和尚頭兒叫做「擂槌」。那擂槌上天生有眼共鬚眉，我只道瓢子頭葫蘆對，這個人兒也索蹺蹊。（付、丑笑介，貼）恰便是不敢道

的東西，枉惹得傍人笑恥。（付、丑笑）再說，再說。（丑）
我來與你搥背。（丑作搥付背介）

　　（貼）

【喬牌兒】一個個手執著白木值，身穿著紫搭背，白石
頭、黃銅片曲曲在那腰間繫，一雙腳似踹在墨甕裡。
（付）說什麼？（丑）是粉底皂靴。

　　（貼）

【新水令】則見那官人們腰屈共頭低。（付）什麼？（丑）
是作揖。（貼）吃得個醉醺醺腦門著地。（付）什麼？（丑）
是磕頭。（貼）咿咿鳴鳴吹竹管。（丑）吹笛子的。（貼）唥
咚咚打著牛皮。（丑）打鼓的。（付、丑笑介，貼）見幾個無
知，他笑一回鬧一回。（付、丑笑）再說，再說。

　　（貼）

【雁兒落】見一個粉搭的白面皮，橫拴的油鬢髻。（丑）
打扮得好看吓。（貼）他笑一笑，打一棒槌；跳一跳，高似
天地。（丑）做把戲的。

　　（貼）

【川撥棹】好教我便笑微微，一個漢木妝成兩隻腿腳。
（付）這是什麼？（丑）踏高蹺的。（貼）見幾個回回他舞著
面旌旗，阿喇喇口裡不知說個甚的。（付）什麼？（丑）說
鳥話的。（貼）妝著一個兒人多我也看不仔細。

【七弟兄】我攢在這壁那壁，沒安我這死身己，滾將一個
蹣磚在我這根低。（丑）這是滾蹣磚的。腳踏著纏得見真
實，百般兒便打扮千般戲。爺爺，好笑哩，一個人兒將幾扇門
兒做著一個小小人家兒，一片帛兒妝成一個人兒，提著木頭雕的小

人兒，不知叫做什麼？（付）王六兒，叫什麼？（丑）叫做什麼？吓，叫做「傀儡」。（貼）是吓，是「傀儡」。（付）他便怎麼樣？

　　（貼）

【梅花酒】他喚做甚傀儡，他喚做甚傀儡，墨線兒個提的紅粉兒個，妝得甚樣得這東西。颼颼的胡哨起，咚咚的鼓聲催。見一個摩著大旗，見一個摩著大旗。他坐著吃堂[1]食，我站著看筵席。兩隻腿板僵直，肚皮裡似春雷。要吃也沒得吃。（丑）肚子餓了。

　　（貼、丑合）

【收江南】呀！這的是坐兒不覺立兒飢，去時乘興轉時遲。說了半日肚皮得這飢，霎時間日西，霎時間日西，可正是席前花影座間移。（付）你們說了半日，肚中飢了，我做的粉落兒在那裡，吃些芸芸芝麻去。（丑）倒用得著哉！

　　（貼）

【尾聲】雨餘芸罷芝蔴地，去扙蔴甌清裡得這澡洗。（付）此時想必起身了吓。（丑）個歇是要起身哉。（貼）唐三藏此時也起身哩，我胖姑兒從頭也告訴你。（丑推貼背，付同下）

1　底本作「糖」，據《楊東來先生批評西游記》（《古本戲曲叢刊》初集景印）改。

按　語

〔一〕本齣出自《唐三藏西天取經》雜劇第二本第二齣〈村姑演說〉。

〔二〕原刊於寶仁堂第一階段乾隆二十九年《初編‧雪集》，乾隆三十六年《八編‧千集》又選刊，後未收入十二編。

〔三〕選抄此齣的散齣鈔本有中國社科院圖書館藏《集錦》。

永團圓‧看會

淨：江納，富豪。
丑：畢如刀，江納的朋友，幫閒。
生：蔡文英，才子。
小生：王寧侯，蔡文英的朋友。

　　（淨方巾、華服上）
【梁州令】萬頃田園足富饒，儘歡樂逍遙。安居豈是困蓬蒿，彈冠須有日，凌雲志，在沖霄。自家江納，別號伯川，僑處金陵，出身粟監。向年官納鴻臚，不意失儀閒住。金銀廣有，富比季倫；子嗣無人，悲同伯道。荊妻中年絃斷，二女且喜成行。長女蘭芳，向許蔡家，因貧未娶。次女蕙芳，年亦及笄，尚未適人。正是：算到傷心兒女事，不禁白髮已盈頭！今日南門外各處村坊集舉慶豐勝會，粧扮許多故事，觀者如雲，已著人去請友畢如刀同往，怎麼還不來？（丑巾服上）刁唆為活計，趨奉作生涯。小子畢如刀，蒙江老先生呼喚，不免逕入。（見介，淨）畢兄，這等難請。（丑）有一朋友央寫一訴呈，所以來遲了。（淨）忒忙，忒忙。（丑）得罪。（淨）今日欲同兄去看會，未知有工夫否？（丑）當得奉陪。（同行介，淨）欣看士女千人會，共慶豐登大有年。（下）
　　（生上）雪案埋頭一蠹魚，敢隨桃李鬥芳菲。（小生上）相隨領略無邊景，大塊文章總化機。（生）寧侯兄，今日同往看會，未知果然盛否？（小生）蔡兄，不要說會的盛處，只這些看會的，千

千萬萬，人海人山，好不熱鬧也！（同行介）

　　（合唱）

【南普天樂】足如雲，爭狂跳；語如雷，爭狂叫。（雜扮男婦四人上，急奔下。）（生、小生）波濤湧、波濤湧扶老攜嬌，亂紛紛奇醜妖嬈。（內敲鑼鼓介，生、小生望介）呀，聽笙歌繚繞，旌旗隱隱飄，逐隊隨行看取、看取恣意遊遨。（下）

　　（淨、丑上）

【北朝天子】串茶坊酒寮，走筋疲汗澆，擠得個胸相背嵌鞋都掉。（內復敲鑼鼓介，淨、丑）敲鑼擊鼓，引神魂動搖，弟呼兄、姑尋嫂。（小生上）蔡兄，快些走！（生上）來了。（見淨介）呀，這個分明是我岳丈。（淨欲避介，生趨揖介）岳丈拜揖。（淨答介，各揖介。丑問淨介）此位是何人？（淨背語丑介）這便是蔡家的此人。（丑）[1]原來是令婿先生。失敬，失敬。（再揖介，淨作不悅介。淨）破腌臢布袍，苦零丁容貌，堪笑、堪笑、堪堪笑。（丑）好東床潘安賽倒。（內喊介）會來了！會來了！（淨、丑）慶豐年齊歡樂，慶豐年齊歡樂。（雜扮故事，繞場下。淨、丑隨下。生、小生上）好盛會，好盛會！

【南普天樂】急攘攘，車和轎；鬧叢叢，獅和豹。昭君怨、昭君怨塞外迢迢。送京娘匣胤名標。（鑼鼓介）呀，看回回獻寶，羊裘妝似猱。百尺高竿戲耍、戲耍吞劍掄刀。（雜扮故事上，淨、丑同上。雜繞場下，生、小生隨下）（淨、丑）快活，快活！

---

[1] 底本「丑」字脫，據明崇禎間《一笠庵新編永團圓傳奇》（《古本戲曲叢刊》三集景印）補。

【北朝天子】慣征西女曹。戰溫侯虎牢。征東跨海人爭道。鍾馗戲妹，扮將來恁嬌。咬臍郎真年少。朱買臣老樵。嚴子陵獨釣。雙妙、雙妙、雙雙妙。黑旋風元宵夜鬧。（內喊介）會來了！會來了！（淨、丑）度函關青牛老，度函關青牛老。（雜扮故上，生、小生同上。雜繞場下，淨、丑同下。生、[2]小生）有趣，有趣！

【南普天樂】小紅娘，真波俏。法聰僧，風魔了。達摩祖、達摩祖一葦乘潮。妙常姑必正如膠。（內鑼鼓介）呀，看綵球星照，書生投破窰。織女牛郎偷度、偷度靈鵲填橋。（雜扮故事上，淨、丑同上。雜繞場下，生、小生同下。淨、丑）後邊一發好了。

【北朝天子】小秦王奔逃，尉遲恭勇驍。年少打虎誇存孝。獨行千里，羨雲長義高。會偷桃東方朔。牡丹亭夢交。望湖亭新套。翻調、翻調、翻翻調。活觀音善才參著。（內喊介）會來了！（淨、丑）採蓮舟歌聲操，採蓮舟歌聲操。（雜扮故事上，生、小生同上。雜繞場下，淨、丑同下。生、小生）妙絕，妙絕！

【南普天樂】遠西天，唐僧到。廣寒宮，明皇造。七紅間、七紅間八黑蹺蹺。劫生辰晁蓋英豪。（內鑼鼓介。合）呀，看狀元幼小，杏花奪錦鑣，並轡遊街簇擁、簇擁幾隊笙簫。（雜扮故事俱上，[3]淨、丑隨上。雜繞場下，生、[4]小生同

2　底本「生」字脫，參考上文並據明崇禎間《一笠庵新編永團圓傳奇》補。

3　底本此句脫，參考上文並據明崇禎間《一笠庵新編永團圓傳奇》補。

4　底本「生」字脫，參考上文並據明崇禎間《一笠庵新編永團圓傳奇》補。

下。丑拍手笑介[5]）真個好盛會！（淨）會便看得好，只是我心上有事，好生不快活。（丑）為著什麼事來？

【北朝天子】（淨）為窮酸小刁，誤芳年翠翹。（丑）如今要怎麼？（淨）直待把冤家離脫脾纜燥。（丑）這樣小事，但憑你主意，怕他怎的？（淨）為他是個秀才，況且心高氣傲，若退了婚，恐他邀朋拉友，到門庭鬧吵。（丑）尋一個人彈壓他便了。（淨）你思量尋哪個？（丑）賈老先生最有風力，只要許他重謝，待他主張，不怕他不從。泰山傾鴻毛燎。（淨）可是諱金、號郁齋的麼？（丑）正是。（淨）既如此，我明日備一席酒，請賈老到舍。設香醪美餚，饋朱提絳綃，那蔡生呵，哪怕他囉唣、囉唣、囉囉唣。（丑）賽孔明南蠻平剿。（內復鑼鼓介。淨[6]）想必是那邊又有會來了。（丑）我們趕到前面去看。（合）破鑼聲收場好，破鑼聲收場好。（淨、丑奔下）

按　語

〔一〕本齣出自李玉撰《永團圓》第四齣〈會釁〉。

〔二〕原刊於寶仁堂第一階段乾隆二十九年《初編‧雪集》，後未收入十二編。

〔三〕選刊此齣的坊刻散齣選本還有《醉怡情》。

5　底本作「丑拍手笑生介」，參酌文意改。

6　底本「淨」字脫，據明崇禎間《一笠庵新編永團圓傳奇》補。

開場‧賜福

生：蒼帝之子，賜福天官，福德星君。

（生上）

【醉花陰】雨順風調萬民好，慶豐年人人歡樂，似這般民安泰，樂滔滔，在華胥世見了些人壽年豐也，不似清時妙。似這等官不差，民不擾，則俺奉玉音將福祿褒。

（吹打上臺）瑞靄祥光紫霧騰，人間福主慶長生。欣看四海昇平日，共沐恩波向太平。吾乃蒼帝之子，賜福天官是也。人間稱為福德星君，所臨之地，無不吉祥如意。今奉上帝敕旨，道本府福主，樂善好施，積德累功，特命吾統領諸星頒福賜祿[1]，以彰積德之報。護從們，宣符官。（護從隨上）領法旨。宣符官。（四符官上）來也。（跳上介）符官參見，有何法旨？（生）我奉上帝敕旨，道本府福主，樂善好施，積德累功，敢煩符官邀請諸位福神到來，一同前往。（符官）領法旨。（跳下）

（生）

【喜遷鶯】則羨他功深德浩，則羨他功深德浩，因此上福賜天曹。逍也麼遙，一門賢孝。只看這福自天來，官品爭起，則為善好。這的是福祿自造，恁看他壽算彌高。

（壽星上）春霜獻壽樂乾年。（牛郎上）五谷豐登喜事全。

1　底本作「頒賜祿」，參酌文意補。

（織女、張仙上）貴子飄香轉曉路。（財神上）財源永茂福綿綿。
（壽星）我乃南極老人是也。（牛郎）吾乃五穀神牛郎是也。（織女）吾乃織女星君是也。（張仙）吾乃送子張仙是也。（財神）吾乃增福財神是也。（壽星）天官相召，一同相見。（眾）有理！天官在上，小神等參見。（生）眾仙少禮。（眾）天官相召，有何法旨。（生）小聖奉上帝敕旨，道本府福主，樂善好施，積德累功，寬厚和平，陰功浩大，特命我統領諸位福神前往堦庭，一同賜福。爾等欽此。（眾）蒙頒上諭，敢不凜遵？（生）駕起祥雲，往福地走遭。（吹打走介）（眾）已到福地了。（生）妙吓！簇簇花香凝畫閣，青青瑞草滿堦庭，果然好門第也！（眾）我等各將福祿壽增之，請天官賜福。（生）小聖奉上帝敕旨，進爵一品，願祈福壽綿長，公侯世代。

【四門子】俺贈取天家官誥，獻華堂官品高，佐皇朝將鼎鼐調。則看這光燦燦斗大黃金印光耀，真個是奕世簪纓福祿超，積德的百福駢臻直到老。

　　（眾）天官賜福，正當如是。（生）諸位福神，可一一贈之。（壽星）老神無以為贈，敬獻「南極百壽圖」一軸為壽。願祈福壽綿長，籌添海屋。（牛郎）小仙敬獻穩穩平安為壽。願祈年年如意，稻生雙穗，五穀豐登。（織女）織女進獻「天生巾」一端為壽。願與蠶桑茂盛，絲帛豐盈。

【刮地風】噯呀萬千春享富貴樂滔滔，慶長春酒泛香醪。看牛郎早報了田豐兆，織女獻絲帛絞綃。積德的，一門壽籌添海屋耀，南極福壽彌高。盈倉廩，稷米菽穀滿倉廒。
（張仙）小仙特送麒麟為子，願子孫萬代瓜瓞綿綿。（財神）俺財神特贈黃金萬鎰，願財源茂盛，積玉堆金。（眾）妙吓！則羨麒

麟子早登廊廟，佐皇家永享官爵。財源發得了，行招招，樂善事福祿根苗。恁則看實燕山五子登科早，又見半空中魁星現的祥雲來罩。

（魁星上）俺乃魁星是也。奉文昌帝君之命，道本府福主，積德施仁，文彩光騰，令其子孫連中三元，世代高魁，為此走遭。天官在上，魁星參見。（生）汝既來此福地，可令文章三斗，才高七步，連中三元，早入駕班。（魁星）領法旨。

（眾）

【水仙子】呀呀呀、福分高，呀呀呀、福分高，早早早、早珮著玉帶金章鼎鼐調。羨羨羨、羨文才錦繡好，看看看、看德門呈祥耀。（魁星跳介）一舉登科日，雙親未老時。（跳介）錦衣歸故里，端的是男兒。（跳介）一踢解元，二踢會元，三踢狀元；連中三元，必定登科。（眾）妙吓！賀賀賀、賀百福駢臻妙，慶慶慶、慶福門千祥照。道道道、道萬民樂歡天遠，拜拜拜、拜福主恩榮耀，俺俺俺、俺將這喜事兒與後人標。（魁星下）

（生）賜福已畢，我等一同回奏上帝便了。（眾）有理。

（合）

【煞尾】列旌幢一派仙音繞，一霎時神州赤縣皆遊到，則願普天下積德的享福直到老。

（下）

按 語

〔一〕本齣原刊於寶仁堂第一階段乾隆二十九年《二編‧坐集》，後未收入十二編。乾隆四十七年金閶學耕堂本復選，遵照錢德蒼在書首刊「吉祥神仙戲」的編輯體例，將這齣放在書首，成為全套書的第一齣。乾隆五十二年嘉興博雅堂本、嘉興增利堂本以及嘉慶十五年五柳居本仿之。

玉簪記・鬧佛會

老旦：女真觀主。
末（前）：耿家的僕人。
旦：耿小姐。
丑：耿家的婢女。
淨、末（後）、生、外：王公子的隨從。
付：王公子，花花少爺。

　　（老旦上）

【新水令】風揚旛影似龍飛，焚寶篆瑞煙初起。敲鐘驚幻夢，說偈警沉迷。三寶皈依，請大眾齊臨會。

　　殿隱[1]黃金相，雲開寶月容。分經來白馬，洗缽起黃龍。吾乃女真觀中觀主是也，今日乃九天雷神降生，不免喚徒弟們做些功課，報答十方施主。徒弟們，敲鐘擂鼓做起法事來。（內應，撞鐘擂鼓。末上）才離潭潭府，又到法門中。此間已是。有人麼？（老旦）大叔是何府？（末）我是耿衙內。我家小姐向曾許下香願，今送繡旛一對，白銀五兩，觀主請收了，小姐就到了。（老旦）是。（末下）（丑內）請小姐下轎。

1　底本作「影」，據明萬曆繼志齋刊《重校玉簪記》（《古本戲曲叢刊》初集景印）改。

（旦上）

【引】日映朱門松影裡，香霧靄瑤池。

　　（丑隨上）（老旦）請小姐到裡面去。小姐稽首。（旦）觀
主，為因向年許下香願，今日特來掛幡了願。（老旦）請小姐到清
芬軒少坐，待老尼寫疏證明，然後請小姐拈香禮拜。（旦）曲徑通
幽處。（老旦）禪房花木深。（各下）

　　（淨、末、生、外上）馬來！

【縷縷金】乘駿馬，走花街。好尋閑處哄[2]，鬧中來。（付
上）嗬！馬來。小廝，此是哪裡了？此是女貞觀。（合）為何
車闐馬隘，人人簇擁拜蓮臺？多來看佛會，多來看佛會。
（眾）觀主。（老旦上）是哪個？（眾）大爺在此。（老旦）大
爺。（付）罷哉。觀主，今日為何這等熱鬧？（老旦）今日乃九天
雷神降生，起建大會，故此熱鬧。（付）吓，既如此，我大爺也要
在此隨喜隨喜。男兒，賞他十兩銀子。（末）吓，大爺賞你的。
（老旦）多謝大爺。（付）罷哉。（老旦）請大爺到來鶴軒少坐，
待耿衙小姐拈過了香，請大爺隨喜罷。（付）不妨，你自去幹你的
事，不要管我們。（老旦應下）（付）小廝，你們可聽見？方才說
有什麼耿衙小姐在此拈香麼？（眾）正是。（付）如此，我們大家
飽看一回。（眾）飽看一回！（付）飽看一回！隨我到大殿上來。
（下）

　　（老旦內）請小姐到大殿上拈香禮拜。（旦同丑上）

【步步姣】鼎爇沉檀深深拜，瞻禮曇花蓋。看那旛幢五色
縿，繡出絲絲令人堪愛。合掌拜如來，願增壽如山海。

2　底本作「橫」，據明萬曆繼志齋刊《重校玉簪記》改。

（付上）男兒，跟我得來。（眾上）吓。（付）好標緻乩！（眾）生得好吓！（付）直頭好乩！（眾）好！（付）妙！

【折桂令】好一似玉天仙在何處飛來，他髻挽烏雲，鬢軃鸞釵，愛殺俺蝶引蜂猜。花枝般姣顫，燕子的形骸，好一似紫鸞簫吹出鳳臺，恰便似白羽扇飛下瑤堦。（付）小廝，打動我的情懷。（眾）大爺，牽惹你的情懷。（付）叫我如醉如呆。（合）紫遊韁誤入、誤入在天台。（付）小廝，隨我來。（眾應下）

　　（老旦上）小姐這裡來。（旦、丑上。丑）師太，個奪偌個佛？（老旦）吓，

【江兒水】這是紫竹觀音座。（丑）小姐，一隻鵝那！（老旦）白鸚哥時往來。這是釋迦極樂西方界，五十三參形容改，十八尊羅漢歸南海。這是地獄天堂形界，勸你早發慈悲，免受輪迴業債。（付、眾上）（付）小廝，這裡來。（老旦、丑、旦下）

　　（付）魂殺哉！

【雁兒落】我為他動春心難擺劃，我為他惹下了相思債。怎看他笑盈盈花外來，哄得我急攘攘魂不在。呀！赤緊的害張生消瘦了些，這一回病相如渴不解。吓！恨只恨隔幾重離恨天，苦只苦扯不攏合歡帶。疑猜，莫不是凌波襪在巫山外？若得個和諧，（眾）和諧便怎麼樣？（付）小廝，把他做活觀音常跪拜，活觀音常跪拜。來，來乩，跟我來。（眾應下）

　　（旦、老旦、丑上）

【僥僥令】鶴軒花滿苔，花外有人來，忙把輕³羅遮羞態。怕人瞧，頭懶抬，倒不如歸去來。（丑）請小姐迴避，那賊只管看個。（同下）

（付、眾）

【收江南】呀！彩雲飛令人腸斷呵害殺俺好難捱！我為他魂靈兒飛上楚陽臺。那嫦娥全然不瞅睬，他待要去來，怎留他轉來？沒情緒的冤家心忒歹。

（丑）打轎子的，上來。（旦、老旦上）

【園林好】（老旦）⁴喜今日軒車遠來。（旦）⁵蒙款待清香寶齋，厚德不勝感戴。重稽首，拜如來，重回首，別蓮臺。（老旦送旦，各下）

（付）小廝，他要回去了。（眾）我們趕上前去看他。

【沽美酒】那冤家歸去來，那冤家歸去來，俏多情今還在。只見些花落東風點翠苔，珮環聲歸仙宅，單想思今空害。丟下了一天丰采，並沒有半些恩愛。（付）俺呵，拾得個美哉，快哉。（末）只有些苦哉。（付）入娘賊！傝個苦哉？（末）大爺，哪！空丟下風流搖擺。（付）快活！今日白相得快活。（眾）大爺，天色晚了，回去罷。（付）吓，天色晚了，回去罷。（眾）正是。（付）小廝，方才那小姐生得好吓！（眾）生得好吓！（付）生得妙吓！（眾）生得妙吓！

（付）

3　底本作「金」，據明萬曆繼志齋刊《重校玉簪記》改。

4　底本「老旦」脫，據明萬曆繼志齋刊《重校玉簪記》補。

5　底本「旦」脫，參酌文意補。

【清江引】那風流小姐真堪愛。（眾）請上馬。（合）似楊柳在風前擺，金蓮移步行，玉手拈香拜。（眾下，付）姣滴滴玉人兒今何在？（下）

按　語

〔一〕本齣出自高濂撰《玉簪記》第十一齣〈邱郎鬧會〉。

〔二〕原刊於寶仁堂第一階段乾隆二十九年《二編‧坐集》，乾隆三十六年《八編‧春集》又選刊，後未收入十二編。

〔三〕選刊此齣的坊刻散齣選本還有：洞庭蕭士輯《綴白裘三集》、石渠閣主人輯《綴白裘全集》。選抄此齣的散齣鈔本有中國社科院圖書館藏《集錦》。

漁家樂‧賞端陽

末：權臣梁冀的下屬。

淨：鄔漁翁。

外：徐漁翁。

付：周漁翁。

丑：王漁翁。

小生：劉蒜，宗室清河王。

　　（末上）手執雕弓彎似月，腰懸寶劍凜如霜。自家梁千歲駕前一個校尉是也。俺千歲爺前日弒君寢殿，欲圖大位。因漢室宗枝未盡，恐生不測，要先絕了清河王劉蒜，餘藩不足為慮。不想，清河王預先逃走，千歲爺已發下校尉二十名，各路追尋。我在大路訪問蹤跡，有人識認，道他改扮書生模樣，往潯江一路去了。我想，潯江必要船隻渡過界去，他急切逃奔，哪裡就有船隻可渡？我已識認他的面龐，不免追上前去，找了首級去獻與千歲爺，可不是一個大大的功勞？正是：雖為不義漢，且作有功人。（下）

　　（淨上）

【浪淘沙】咱是老漁翁，破衲纏腰。王侯不傲在江潮，晚來浮在煙波也，一醉酕醄。自家鄔漁翁便是。今日乃端陽佳節，各漁船上眾兄弟說：「陳家墳頭葵花開得茂盛，我們各持一壺、一味到那裡去，席地而坐，共賞端陽，做個漁家樂故事可好？」我說：「極有興個哉！」為此，我拿一壺酒、一碗魚。個歇

還弗見里孤來，讓我先拔乾淨子草好坐。

（外、丑、付上，合）

【前腔】佳節興兒高，濁酒粗餚。歡呼終日唱歌謠，一醉橫眠草地也，不知日落山腰。（淨）吓孤來哉麼。（外）鄔老兒先在此了。（丑、付）鄔老老先拉裡哉。（淨）我拿地下個草才拔乾淨拉裡哉。（丑、付）還是吓個老老有竅。（淨）才坐子。（外）我們坐了。（淨）老徐，你是儕個孤？（外）我是一尾鱸魚。（淨）好，今日我里吃子鱸魚，個星銅錢銀子才是介囉攏來哉！（丑、付）好吓，說得好。（淨）噲，老周，你是儕物事？（付）我是大蒜燒田雞。（淨）好，應時景個物事。小王，你是嗜個孤？（丑）我是一籃粽子，亦吃得飽，亦過得酒。（淨）也是好竅。（外）鄔老兒，你是什麼？（丑、付）老老你是嗜個孤？（淨）我昨日摸一個鱉……（丑）啐！（淨）醬燒燒一大碗拉裡。（丑）亦要吃個老烏龜哉。（淨）呔！小油嘴！（外）我們大家吃個安席鍾。（各坐，丑）我里吃安席鍾。（淨）有理個。（斟酒各吃）請吓。（付）我裡就豁拳。（外）我們豁拳。（與淨）對。（淨）三個。（丑、付）八個。（丑）對。（各吃介）（淨）佳子，弗要豁拳哉，要行令哉。（外）有理！你就做一個令官。（淨）我做你孤令尊。（眾）令官，嗜令尊！（付、丑）老烏龜討便宜。（淨）正是，令官。（付、丑）行嗜個令？（淨）今日在此漁家樂，多要唱一隻歌兒。要「漁家事」首句，「漁家樂」為末句；中間要一個「漁」字個曲牌名；亦要春、夏、秋、冬。（付、丑）替你個老老！難殺哉！（外）如此，各人派定了時景。（淨）老徐，你是春。（外）我是春。（指付）你是夏。（對丑）你是秋。（丑）你是根。（淨）儕個根？（丑）秋根哉。（外）秋景

吓。（淨）我是冬。老徐，吃子令盃，你就來。

（外）待我吃了令盃，占了。

【鎖南枝】漁家事，春最好。（眾）春來有嗜好處？（外）桃紅柳綠傍小橋，看花落水中流，聽鳥鳴山外遠。敲舟楫，吹竹簫。（眾）嗜個曲牌名？（外）唱一隻〈錦漁燈〉便是漁家樂。（眾）好！大家吃一盃賞春酒。（眾）有理個，請乾。（吃介）（淨）老周，吃一盃令鍾。（付吃）我來哉，各位，得罪哉。（淨、丑）正當。

（付）

【前腔】漁家事，夏最好。綠蔭深處避暑焦，松竹罩沙灘，芰荷香滿沼。飯一碗，酒一瓢。（眾）什麼曲牌名？（付）唱一隻〈水底魚〉便是漁家樂。（眾）好！大家吃一盃賞夏酒。（外）有理！你來了。（眾）乾。（淨）[1]小王，來吃一盃令鍾。（丑）我來哉，讓我吃子令鍾介。（眾）唱吓。（丑）乾，介沒也得罪哉。（眾）豈敢豈敢。

（丑）

【又】漁家事，秋最好。清風明月在江上邀，丹桂圍中香，黃菊籬邊繞。沽美酒，賞月霄。（眾）什麼曲牌名？（丑唱）唱一隻〈雁漁錦〉便是漁家樂。（外）好！請吃一盃賞秋酒。（丑）是哉。（眾）乾。（外）鄔老兒，如今輪到你來了。（付、丑）鄔老老來哉。（淨）我沒……罷哉。（外）你的令如何罷了？（淨）我無拉肚裡。（付、丑）說弗出，罰三碗。（外）但憑你唱一隻便了。（淨）但憑我唱嗜！（付、丑）佳子，

1　底本作「眾淨乾」，參酌文意乙正。

吃子令鍾介。（淨）是哉。乾，我來哉嘘。

【又】漁家事，冬苦惱。（付、丑）個個老老！要罰殺里。我裏快快活活吃酒，哪再說起苦惱來？（外）正是。（淨）哪了弗苦惱？（眾）嗜個苦惱？（淨）哪！寒江風雪凍斷了腰。（付、丑）呔！放屁。方才嗜個苦惱，那間亦是嗜個凍斷腰，罰殺，罰殺！（外）我們俱要說好，不要說苦。（淨）勿要慌，好個拉丑後頭。罷釣罩魚篷，爐火醉又飽，蓋子破棉絮，破衲襖。（眾）嗜個曲牌名？（淨）唱一隻〈漁燈兒〉便是漁家樂。（外）果然好在後邊，大家各吃一盃賞冬酒。（付、丑）有理個，酒，酒！（眾）乾。（淨）那間六個行令哉。（外）還是你來。（眾）有理！原是你來。（淨）介沒，我裏弗要行令哉。（眾）做什麼？（淨）我裏要換文泛哉。（外）做什麼呢？（淨）我裏那間要串戲哉。（外）又來了，四個人又沒有行頭，串什麼戲？（淨）翻道我裏四個人阿像叫化子，竟串介一齣〈蓮花落〉如何？（付）只是我裏弗會唱，個沒哪處？（淨）讓我唱，吓丑和沒是哉。（丑）老老，你做一個叫花頭叫起來。（淨）我來哉嘘。

【蓮花歌】[2]一年介將盡不覺又是一年介春，（眾）哩哩蓮花，哩哩蓮花落也。（淨）漁家兒撑的撑、搖的搖，啥喏索落撒網撒過子杏花村。（眾）也麼哈，哈哈哈蓮花落也。（淨）一年介春盡不覺又是一年介夏。（眾）哩哩蓮花，哩哩蓮花落也。（淨）個星小男兒、小丫頭，出毺出毺盡到河灘頭去摸蟛蜞。（眾）也麼哈，哈哈哈蓮花落也。（淨）一年介夏過不覺又是一年介秋。（眾）哩哩蓮

2　底本牌名脫，據清康熙景山大班鈔本《漁家樂》補。

花，哩哩蓮花落也。（淨）我裡個老阿媽灣子背曲子腰，唏哈唏哈。（外）為什麼？（淨）我裡個老阿媽有點痰火病個了。唏哈唏哈，摸蚌摸著子個鰍。（眾）也麼哈，哈哈哈蓮花落也。（眾作醉眠介，淨）一年介秋去不覺又是一年介冬……哪、哪說纏眠卮哉？個星酒鬼！我也有點軟來裡哉，也眠介一忽介。

　　（小生奔上）強盜殺人吓！（下）

　　（末追上）哪裡走？看箭！（眾驚起）殺強盜！殺強盜！（付）咊！一個強盜不拉我殺哉！老鄔介？（丑）咦？老鄔一筒煙倒吃醉拉卮哉。老鄔，老鄔。（眾）阿呀弗好哉！個是箭呀，鄔老老射殺拉裡哉！（丑）個個老老原該死，行令嗇個只管說苦惱、苦惱，那間苦殺哉。（外）如今不要閒講，快扶他下船，報與他女兒知道去。（眾）有理。正是：天有不測風雲，人有旦夕禍福。（眾抬淨下）

按　語

〔一〕本齣出自朱佐朝撰《漁家樂》第十二齣〈端陽〉。

〔二〕原刊於寶仁堂第一階段乾隆二十九年《二編・坐集》，乾隆三十六年《八編・古集》又選刊，後未收入十二編。

雙珠記‧大中軍

生：王楫，字濟川，犯人。

丑：陸中，押解犯人的解子。

小生：陳時策，字獻夫，王楫的同窗好友。

付、外：帥府的士兵。

淨：帥府的軍官。

（生、丑上）

【醉扶歸】逗[1]荒煙衰草迷溪澗，亂排空劍戟翠巑岏。遍天涯跋涉恁艱辛，秋聲暗度魂將斷。今朝目擊劍南關，果然是地險連雲棧。

（丑）王先生，此間已是帥府前了。尚未開門，在此等一等便了。

（小生上）

【引】纔衣偶得題紅柬，苦元戎下令究根源。

小生前日在纔衣中得了宮女之詩，元帥知道要看，著我親賷此詩赴見，只得早來伺候。轅門未開，且到廊下少息。呀，那邊坐的好似王濟川模樣。（生）那邊來的好似陳獻夫。（小生）果然是王兄。（生）吓！果然是陳兄。

1　底本作「逼」，據明汲古閣《繡刻演劇》本《雙珠記》（《古本戲曲叢刊》初集景印）改。

【哭想思】數載金蘭成宛戀2，何期萍聚3重相見。

　　（丑）這位是甚麼人？（生）這是同窗朋友。（丑）同窗朋友，難得。大家敘一敘。（小生）王兄，你在荊湖從軍，為何到此？（生）陳兄，一言難盡！小弟自到荊湖，蒙元帥憐我是個儒生，不撥差遣，止令管軍前文冊。不想，營長李克成調戲，寒荊不從，與他鬥毆一場，被他誣告做步軍謀殺本營長官，問成絞罪。今蒙恩赦免死，改調到此。（小生）如今，老嫂、令郎呢？（生）荊妻見我刑期將近4，竟將小兒蟆蛉與陝西商人為子，自己投淵死了！（泣介）（小生）有這等事！咳！可憐。兄吓，這是你命該如此，請免愁煩。

　　（生）我的老母、舍妹在家不知安否？陳兄臨行時，必知詳細。（小生）令堂在宅，小弟與孫天彝時常問候。不想朝廷要選宮女，本州舉報令妹充選入宮去了。（生）苦吓！舍妹既選入宮，老母孤身在家，何人倚賴？（小生）王兄兀自不知，令堂為因安祿山作亂，城廓空虛，人民逃竄，令堂與韓媽媽同行，小弟與孫天彝路遇，又被亂軍趕散，彼此不知下落……（生）天吓！一家骨肉冰消瓦解，終天之恨，何時得雪？（小生）王兄，你纔脫囹圄，又調遠方，急切不能顧盼，且待蹤跡少定，然後打聽音信未遲。

　　（生）請問陳兄，為何到此？（小生）小弟避兵流落于此，棄文就武，蒙元帥青目，儘好建功。（生）孫天彝今在何處？（小生）亂軍中失散，尚未知下落。（生）咳，我三人幼為同窗，情關

2　「宛戀」明汲古閣《繡刻演劇》本《雙珠記》作「遠盻」。

3　底本作「敘」，據明汲古閣《繡刻演劇》本《雙珠記》改。

4　底本作「迫」，參酌文意改。

休戚，誰料多故，彼此遼絕，可傷可傷。（小生）孫兄乃世間之英才，非匏瓜之類，自能見機而作，不必掛懷。（丑）開門了。王先生，來，上了刑具。

（付、外扮小軍，引淨上）鼓角聲催巫峽曉，旌旗影照錦江春。遙傳虎帳金符令，萬里寒風泣鬼神。自家乃帥府大老爺麾下一個中軍官是也。今早大老爺吩咐，有機密事在內，不得工夫陞堂理事，一應大小事情多著我查看。牢子，今日是小開門，凡有投文人役，只遞文書，著他每悄悄進來。

（丑）投文人進。（付）今日是小開門，亂喊！（丑）小開門了。（外）悄悄的。（丑）我只道吓亢大開門了……解子進，解子叩頭。（眾）響些！（淨）什麼事情？（丑）是解軍調衛的。（淨）解軍調衛的麼？（丑）是。（淨）只遞文書進去，軍人原解押著，候大老爺詔驗發落。（丑應）

（小生）陳時策叩頭。（淨）陳時策……前日大老爺撥你守堡，殺韃虜首級一顆，可就是你？（小生）就是小的。（淨）就是你！起來，起來……好吓！像個將才吓。爺歡喜得你緊哩，將你名子帶在記功本上去了，聖旨到了，你就有冠帶了。若有了冠帶，咱和你就是同僚了，下次不要行這個禮，只是請了。（小生）小的怎敢！（淨）我且問你，爺在裡造說，你得了什麼宮女的詩，可是有的？（小生）正是。元帥傳說要看，特送在此。（淨）拿來，待我與你傳進去。你在此伺候，老爺有什麼話我就出來回你，你在馬台上坐坐。（小生）曉得。（淨）閫外傳消息，軍前聽指揮。（下）

（生）陳兄，你方才說什麼宮女詩？（小生）舊規邊軍纊衣，多是宮女縫做的，小弟分得一件，內有詩一首，元帥曉得要看，特地送進。（生）這詩兄可記得？（小生）還記得。（生）願聞其

詩。（小生）沙場征戍客，⁵寒苦若為眠。戰袍經手作，知落阿誰
邊？蓄意多添線，含情更著綿。今生已過矣，重結後生⁶緣。
（生）妙吓！詩句甚新，其意更美，可以追蹤韓夫人之故事也。
（小生）紅葉有逆流而上之靈，纊衣豈能及此？

　　（淨上）談笑風生白羽扇，指揮霜肅碧油幢。帶軍人，帶軍
人。（丑）吓，軍人當面。（淨）軍人王楫。（生應淨）解子陸
中。（丑）有。（淨）打開刑具。大老爺吩咐：解到犯人王楫，著
我分撥差操。解子，你違了限，大老爺批打四十。牢子，打！
（丑）老爹，山路難行，求老爹方便。（淨）既是山路難行，饒二
十，打二十。（丑）老爹，軍人有病。（生）山路難行，求爺方
便。（淨）哪有軍人倒替解子討饒麼？罷，罷！全饒。（丑）多謝
老爹。（淨）下午領回批。（丑）是了。先生，我去了。（生）有
勞你。（丑）老爹請了。（淨）呔！（丑）阿唷，幾乎唬殺拉佮養
個手裡子！

　　（淨）王楫，你好造化，大老爺面也不曾見，就著我分撥差
操，一應雜項差使多沒有的了，可不造化？只是，你在此要尋個保
來。（生）吓，小的是孤身在此，沒有保。（淨）沒有保？牢子，
你保著。（外）小的不敢保。（淨）為什麼？（外）他是異鄉人，
倘他逃了，叫小的哪裡去找他？（淨）你去保了他。（付）小的不
認得他，保不得。（淨）你們多不保，把他監候著。（小生）小的
陳時策願保。（淨）起來，起來。老王，你也起來。方纔對你說
的，不要行這個禮，怎麼又跪起來？下回再行這個禮要罰你了吓。

5　底本作「沙戍征場客」，據明汲古閣《繡刻演劇》本《雙珠記》乙正。
6　底本作「身」，據明汲古閣《繡刻演劇》本《雙珠記》改。

（小生）小的願保。（淨）老陳你保不得，他是孤身的，倘他溜了，你哪裡去找他？保不得。（小生）他是小的的同鄉。（生）又是同窗。（淨）這是你的同鄉？（小生）是。（淨）又是同窗？（生）是。（淨）同鄉又同窗；同窗又同鄉。（笑介）好吓，王楫你好造化！到這個所在，又遇著個好朋友，正所謂他鄉遇故知了。

（小生）老爹，保狀明日送進來。（淨）咳，老陳，你說了就罷，要甚麼保狀，竟領了去。（小生）多謝老爹。元帥看了宮女的詩，怎麼樣了？（淨）大老爺看了這詩，說事關禁庭，連夜寫本申奏朝廷去了。（小生）倘旨意下來罪及小的，怎麼處？（淨）不妨，這詩是裡邊做出來的，又不是你做進去的。雖然如此，這叫做「塞翁失馬，不知是禍還不知是福。」朝廷喜怒不常，旨意下來，或者倒有些好處亦未可知。你明白麼？

　　（外）老爹，大老爺令箭在此。（淨）哎呀，我倒忘了！驢丘入的，不早說。（小生）老爹，什麼事情？（淨）阿呀老陳，我只講了你的話，忘了我的事。今早邊報到來，說韃虜攻打關西堡，城寨要點人馬策應。大老爺明日親自下教場操演，教我傳令，我又不得工夫，這便咱處？這便咱處？（小生）忙吓。（淨）老陳，我在此做了個中軍，連狗也不如。才吃頓飯，大老爺傳中軍，就是打個盹，大老爺傳中軍，連一些空閑的工夫都沒有的。（小生）委實忙。（淨）咳，老陳，倒是你替我去走遭。（小生）小的不敢去。（淨）不是我勞著你，你替得爺的心，幹得爺的事，爺原喜著你。（小生）倘眾軍士不服，怎麼處？（淨）有了大老爺的令箭，誰敢不服？你拿了這支令箭，到教場中去，說：「呔！五營四哨將官聽者。大老爺有令，明日四更造飯，五鼓開操。操演的時節，盔甲要鮮明；鎗刀要銳利；人馬要精壯；隊伍要齊整。如不齊整，一綑四

十，還要穿耳箭遊營哩！」老陳你看，王楫也是個將才哩，既是你的好友，帶他到軍中去跑跑馬、射射箭，倘有些好處也未可知。王楫，你隨陳爺走走，請了。（小生）老爹，方才說的還不明白。（淨）咳，不多幾句話耶。你到那教場中，說：「呔！大老爺有令，明日四更造飯，五鼓開操。操演的時節，盔甲要鮮明；鎗刀要銳利；人馬要精壯；隊伍要齊整。如不齊整，一綑四十，還要穿耳[7]箭遊營哩！」（笑介）（外）老爹，今日大老爺小開門……（淨）是吓！今日大老爺小開門，我倒亂喊亂嚷起來……請了。阿呀老陳，這節事多在你。你的事在我，我的事在你。請了，請了。（小生）請了。（生）請了。（淨）呔！（小生）老爹！（淨）罷罷罷！也是個請了。（淨下）

　　（小生）王兄，請到小弟寓所去。正是：久旱逢甘雨，他鄉遇故知。（同下）

按　語

〔一〕本齣出自沈鯨撰《雙珠記》第三十一齣〈轅門遇友〉前半齣。

〔二〕原刊於寶仁堂第一階段乾隆二十九年《二編‧坐集》，乾隆三十六年《七編‧萬集》又選刊，後未收入十二編。

7　底本「耳」字脫，參考前文補。

西樓記・俠試

生：胥表，俠士。
貼：穆素徽，名妓，與才子于叔夜定婚約。
末、付：胥表的僕人。

（生上）

【點絳唇】論兵法黃石深籌，誇劍術白猿高手。小可的施機彀，恰便是談笑功收，讙道那掇月移宮、推雲出岫。

　　俺，胥表。在混真禪寺棄了輕鴻妾，賺得穆素徽。我欲護送他到京與于郎成親，但不知他心上如何。哦，也罷，我且喚他出來，試他一試，看他怎生回我。要知心腹事，但聽口中言。素徽何在？

（貼上）

【劍器令】舊恨變新愁，吉與咎好難尋究。避雷霆又遭霹靂，（思介）吓，且向前問根由。

　　（見介，生）素徽，你道我取你來則甚？（貼）奴家看你像個豪傑之人，故遲片刻之死，正要問個明白。（生）吓，素徽，你且聽者：

【混江龍】我愛你花姣玉秀，兀的是髮拖雲更和那眼凝秋。只指望洛神珮解，與那漢女環留。（貼）阿呀，這是哪裡說起！（生）我與你弄玉同登乘鳳臺，太真齊憑望仙樓。鎮日裡呈妙舞、引清謳；擊方響、按箜篌；浮桂液、爇蘭油；餐白鵠、脯紅虯。真個是溶溶深院四季的混寒暄，更

和那層層步障旬日的無昏晝，早趁此鵲橋鸞馭，成就了燕
侶和那鸞儔。

　　（生作攙貼介，貼哭介）阿呀君家差矣！自古「忠臣不事二
君，烈女不更二夫」，奴家自有丈夫，請君勿得浪言！（生）住
了！如此說，你是有丈夫的？（貼）是有丈夫的了。（生）你丈夫
姓甚名誰？（貼）姓于名鵑，字叔夜。（生）既有丈夫于鵑，為何
又隨池同？（貼）他與鴇母計賺奴家，奴家誓不與他成親，尚圖個
出頭日子。近聞于郎已死，奴家自縊房中，又被丫鬟救活的。
（生）為何又在寺中設這道場？是怎麼說？（貼）奴家與于郎不能
盡夫婦之情，安排靈位，痛哭一場，特請僧人追荐他早生淨土。
（生）敢是完了道場，一心願隨那池同了？（貼怒介）咳！說哪裡
話來！功德一完，即便自盡了。不意又被你劫取到來，我只道是押
衙、崑崙之輩，尚與你接談，不意又遇「池同」。既可隨你，何不
就隨了池同？如再相逼，願借君家佩劍，妾當以頸血濺之。（欲拔
生劍，生攔介）住了！果然這般貞烈，堪垂青史，可載彤編！也不
枉了叔夜兄一片精神。也罷，我與你說明白了罷。

【油葫蘆】俺把那往事從頭逐一剖，赤緊的把死生盟恁便
能自守。俺也不是偷香竊玉也待逞風流，只是俺移花換柳
與你諧婚媾。我不意自京師回來，偶同小妾輕鴻錢塘步月，偶觀
法事，見你荐亡文疏，我就立生一計取你。魆地裡把輕鴻女一
樣妝成就，那勇士便攜之在月下走。池同的把假貨去求，
誰道是佳人反落在咱每[1]手。活錚錚個于郎哎素徽恁待要見

---

[1]　底本作「門」，據《劍嘯閣自訂西樓夢傳奇》（《古本戲曲叢刊》二集景
　　印）改。

否？（貼）于郎已死，哪裡說起！（生）他何曾死來。（貼）說是八月二十五日死的。（生）不相干，我十月初旬打從燕京南返，到涿州飯店上，遇著于郎前來會試，李貞侯亦在。李貞侯誤傳[2]劉楚楚之言，說你縊死房中，可是有的？（貼）是有的。（生）那時，于郎聞之，痛悼幾絕。我勸他會試，連會試都不欲去，這也不在話下。（貼）吓！有這等事！（生）前日我將小妾輕鴻與你一般妝束，密令勇士打滅禪燈，月下負輕鴻而走。那池同錯追輕鴻，輕鴻赴水而死。（貼）死了！這怎麼處……（生）池同被地方拘住，所以不來追趕，如今于郎現在京中，我欲送你去成親，意下如何？

（貼）割愛施謀，竭忠盡力，此恩此德，何日忘之！恩人請上，受奴家一拜。（生）吓，賢嫂請起。分內之事，何謝之有？（貼）請問大恩人高姓大名？（生）俺姓胥名表，字為江南長公。

【天下樂】俺本是擊筑吹簫江南任俠流，腰橫著吳也麼鉤，吳鉤的射斗牛。驀忽地展半籌，便與那書生遂好逑。（貼）君家與于郎，祇從旅店一面，還是舊交？（生）俺與于郎也非舊遊。（貼）可認得池同那廝麼？（生）與池同也沒甚仇，只待要與有心人一朝完配偶。

　　（貼）如今道路遙隔，如何是好？（生）不妨，我有道理。家丁。（末上）有。（生）看三騎馬來。（末）吓。（生）你可乘我千里馬，趕到京中，先到掛號所在，看號簿上登記于相公寓所在於何處，即便到彼問之，就迎候上來回話。（末）吓。（末）賢嫂可能乘騎？（貼）能騎。（生）如此，請上馬。（各上馬介，生）上得馬來，好一派風景也！

2　底本作「傳誤」，據《劍嘯閣自訂西樓夢傳奇》乙正。

（生）

【哪咤令】曉風和，岸草柔。午雲深，嶺樹幽。聽啼鶯如喚友，遊蜂的似覓儔。（貼）京師還有多少路？（生）神京的在望處浮，使佳人屢送眸。俺待將離恨天補的纏完，相思地縮的不就，不由人鞭策頻3抽。

（末上）聞說洛陽花似錦，偏我來時不遇春。啟上老爺，小的問到于相公寓所，主人家說他死了妻子，日夜啼哭，一完場事，連榜也沒有發，星夜回去了。（生）吓！回去了。咳！這也不湊巧，正所謂好事多磨也。（貼哭介）這便怎麼處？（生）賢嫂，且不要煩惱。我有宅第一所，在東門梅花衕衕內，高樓大院，童婢如雲，我到京中常在裡面歇息，你可權且住下。我今連夜往下路去尋覓于郎，完成你的好事便了。（貼）始終玉成，何施恩之無厭也？（生）自古道：「為人須為徹，謀而不終，非丈夫也！」帶轉馬頭，到東門梅花衕衕去。（末）吓。（行介）

【寄生草】俺有個私宅第，可喜的地最幽。恰趁的九華仙馭權迤逗，儘有驅奴使婢們環前後，且喜是重門朱戶無人叩。一任他門前蜂蝶遍尋求，只索是護幽香莫被東風漏。

（各下馬介）開門，開門。（付上）是哪個？（開門介）老爺回來了，老奴叩頭。（生）起來。此位是于相公的夫人于奶奶，他遇了難，留他暫住在此。我到下路去尋取于相公，你們都要小心伏侍，不可有慢。（付）曉得。（生）取紙筆過來。（付）吓。（生寫介）賢嫂，你且安住在此，我少不得問盡天涯，還你個于郎便了。我有一封書，待于郎來時，與他開看。（貼）是。（生）請你

3　底本作「便」，據《劍嘯閣自訂西樓夢傳奇》改。

進去。（貼）不戀故鄉生[4]好處，受恩深處便為家。（下）

　　（生）過來，你可把門早晚閉上，但有姓于的來，方可開門，其餘一概不許放進。小心在意！（付）曉得了。（生）帶我的千里馬來。（末）吓。請爺上馬。（生上馬介）

【煞尾】甫能個送將穆氏帝京遊，又尋叔夜往江南走。我的千里馬不容他氣吼，紫絲韁何曾輕放手？忽喇喇似順風舟，早成就鳳鸞儔。（下）

按　語

〔一〕本齣出自袁于令撰《西樓記》第三十四齣〈衛行〉。原作這齣是南北合套，胥表與穆素徽唱詞的分量接近，本齣只保留穆的第一支曲子，其他全刪，曲唱重心大幅傾斜；此外，胥、穆進京途中所唱的曲牌也刪去，改變了原作的主題「衛行」。

〔二〕原刊於寶仁堂第一階段乾隆二十九年《二編‧花集》，乾隆三十六年《八編‧長集》又選刊，後未收入十二編。

〔三〕選抄此齣的散齣選本有：中國國家圖書館藏佚名抄《戲曲選抄》、中國社科院圖書館藏《集錦》。

4　底本作「深」，據《劍嘯閣自訂西樓夢傳奇》改。

西樓記‧贈馬

生：胥表，俠士。
小生：于叔夜，御史之子，與名妓穆素徽定婚約。

　　（生上）
【福馬郎】任俠橫行無忌憚，爲訪于叔夜，將路趨。誰識我，費機關？覓去見嬋娟，延津劍，慶重還。（下）
　　（小生上）
【前腔】爲覓佳人往又返，忘卻飢和飽，朝共晚。千層水，萬重山。一望淚潸潸，歎我生不幸，事多艱。（生上）呀，那來的是于叔夜。吓，叔夜兄。（小生）是哪個？（生）小弟胥表在此。（小生）原來是長公兄，請了……（走介，生扯住介）且慢走，小弟正要問兄，為何不住在京師看榜，倒往下路何幹？（小生）小弟一言難盡。（生）願聞。
　　（小生）
【玉芙蓉】自相逢在旅店間，強試忙言返。請了。（作急走介）（生）哪裡去？（小生）小弟有些小事，我不得工夫，請了。（生）住在此，有話動問，穆素徽怎麼樣了？（小生）兄吓，問佳人信息。（生）前日貞侯所傳之言真否？（小生）沒相干，誰知又起波瀾。（生）又是什麼波瀾？（小生）素徽原不曾死！聞了小弟訃音，為咱設醮連宵旦，誰知又被賊劫換奸。（生）怎麼，被人搶了去？（小生）被大夥強盜劫去了。（生）怎麼，穆

素徽被強盜劫去了？（生）¹劫了去的人也未必是強盜吓。（小生）阿呀兄吓，也是半夜三更明火執杖搶去的，怎麼不是強盜！明明是大個的強盜。（生）如今兄待怎麼？（小生）兄吓，小弟也無計可施。只得還京去，把檄文要遍關，兄吓，怕隨他紙鳶風斷杳難還。

（生）兄吓：

【前腔】何須意慮煩，小弟今日先報個喜信，但把京華盼。（指介）這一帶雲山呵，你夫人鸞馭，早在其間。（小生）兄吓，穆素徽已搶了去，怎麼又在那裡？（生）兄吓，管教相如趙璧能重返，前日是咱劫醮壇。（小生）前日是吾兄劫的！（生）方才說的強盜就是我。（小生）若如此，小弟失言了，得罪得罪！既有來歷，請問其詳。（生）小弟前日戴月錢塘，見了賢嫂荐亡文疏，只得把小妾輕鴻與賢嫂一般妝束，混觀法事，忽擁壯士打滅禪燈，搶輕鴻而走。池同不知，誤追輕鴻，輕鴻赴水而死。（小生）那輕鴻死了！咳，不要講這些閒話，那穆素徽怎麼樣了？（生）誰知賢嫂卻被小弟負之而歸，如今送在京師，哪知吾兄又不在了。（小生）小弟往下路來了。（生）如今在京師東門外梅花衖衖，小弟有私宅一所，與賢嫂暫住，小弟特來尋兄。（小生）尋小弟做什麼？（生）與穆素徽成親。（小生）阿，小弟與兄無甚深交，特發義舉，古之豪傑，無出其右！（拜介）（生）請起請起，這樣小事何須拜謝。（小生）小弟不謝你別的，謝你個成姻眷，免鸞孤鳳單。（生）到京師洞房金榜似邯鄲。（小生）老丈，小弟若不得素徽，只願一死；今得了素徽，恨不得連夜趕到京

1　底本作「小生」，參酌文意改。

師中廷試，早做官一日，早榮耀他一日！只是，如今日子又促，路途又遠，怎麼處吓？（看馬介）嘖，嘖，好馬，好馬！（生）吓，不妨，我有駿馬一匹，名曰「驚帆」，一日能行千里；小弟自燕至吳，只行得四日。如今贈兄乘之，到京尚可廷試。（小生）老丈乘了此馬四日就到這裡，若是小弟乘了，亦可四日到京了。（生）自然。（小生）感德未酬，何以克當！如此，帶馬。（生）看仔細。（小生上馬，下，復回介）吓，老丈請轉。（生）怎麼？（小生）方纔說的，幾日可到京師？（生）四日。（小生）兩日罷。（生）要四日。（小生）兩日罷兩日，請了。（下，生）你看他頭也不回竟自去了，妙吓！于郎一去我心寬，只為朋情豈畏難。我胥表不圖金寶，惟圖義留與傍人作話傳。（下）

按　語

〔一〕本齣出自袁于令撰《西樓記》第三十七齣〈巧遘〉前半齣。有少數曲文不同於劍嘯閣本。

〔二〕原刊於寶仁堂第一階段乾隆二十九年《二編・花集》，乾隆三十六年《八編・長集》又選刊，後未收入十二編。

〔三〕選抄此齣的散齣選本有中國社科院圖書館藏《集錦》。

天下樂・鍾馗嫁妹

付、老旦、正旦、丑：小鬼。

淨：鍾馗。

小旦：蘭英，鍾馗之妹。

旦：梅香，蘭英的婢女。

生：杜平，鍾馗之友。

（付上）

【點絳唇】如意安寧，當朝一品。新春景，三級連陞，天賜平安慶。

　　做鬼今經五百秋，也無歡樂也無愁。生公叫我為人去，只恐為人不到頭。某乃鍾狀元手下一個小鬼是也。俺老爺一生正直，萬世為神。威鎮八方，受利五岳。愛的是琴劍書箱，喜的是平安吉慶。騎著蹇驢頂著笠，踏[1]遍白雲深處；插著花枝帶壺酒，伴隨[2]明月歸來。鎮門庭，忽見福祿；求子嗣，天賜麒麟。有時節吹簫月下，有時節舞劍風清。說不盡他的清趣，讚不了他的高能。今日不知何故，著俺整備笙簫鼓樂，喚齊鬼卒聽點，我等只得在此伺候。道猶未了，老爺出來也。

　　（老旦、正旦、丑、雜扮小鬼，淨扮鍾馗上）驅馳萬里到神

---

[1]　底本作「蹓」，參酌文意改。以下同。
[2]　底本作「殘」，參酌文意改。

洲，准擬文場奪狀頭。淪落功名奇男[3]子，英氣千古尚含羞。某，
鍾馗。仗劍赴都，獻策闕下，五百名中，自料功名到手。誰知朝廷
以貌取人，竟把俺黜[4]落不用，逐出午門。俺一時忿怒，撞死後宰
門。蒙聖上見俺聰明正直，封為驅邪斬魅將軍。又得杜員外將俺生
前冤屈一一奏聞聖上，蒙聖恩追封狀元及第，以慰一片雄心。只
是，弱妹伶仃，尚無下落。思想當年在京，已曾許配杜平，我如今
不免到家相見妹子，說與始末根由，了此一段姻緣也。小鬼，與我
一壁廂收拾琴劍書箱，一壁廂整備笙簫鼓樂，隨俺家中走一遭也。
（眾）吓。

　　（淨）

【粉蝶兒】擺列著破傘孤燈，對著那平安吉慶。光燦爛劍
吐寒星，伴書箱，隨綠綺，偏趲著寒驢趷蹬。俺這裡一椿
椿寫上丹青，是一幅梅花春景。（下，外、生、小生、末、付
上）

【泣顏回】頓首拜彤庭，兄弟齊叨榮幸。金章紫綬，白面
烏紗相稱。（生）我，杜平。兄弟五人，叨蒙聖恩，封為五路總
管，帑藏金銀。今日給假還鄉，好一個氣象也！春風自生，氣軒
昂衣錦還鄉，并道傍人喝采連聲，杜大郎富貴齊名。
（下，眾上）

　　（淨）

【石榴花】只聽得枝頭小鳥弄輕聲，小橋邊殘雪報春晴。

3　底本作「死累」，參酌文意改。
4　底本作「點」，參酌文意改。

又只見梅花數點助雪精神，梅花翰雪白[5]，雪卻遜梅馨。兩下裡品格清，兩下裡品格清，與佳人才子添詩興。今來古往，許多評論。閑話之間，家中不遠。小鬼，帶住蹇驢，多在村口伺候。待我呼喚，齊備鼓樂前來便了。（眾應下）（淨）俺今夜趁此月色，獨走歸家。只是，妹子見俺面貌改常，喪亡音信，料必驚惶……吓，也罷！我且慢慢的與他說明便了。趁著這月色明，趁著這月色明，曲彎彎踏遍了荒蕪徑。這裡已是自家門首，咳，好生冷落也！俺只見荒盧冷落暗傷情。不免叩門。開門！

　　（小旦上）

【泣顏回】聽樵樓早已報初更，刁斗無聲寂靜。叩門的，我是孤苦寡女，有何事叩我柴門？（淨）妹子，你哥哥在此。（小旦）阿呀，有鬼吓！（唱）我聞言戰兢，你喪黃泉復現生時影。（淨）妹子不必驚惶，我雖身死，上帝憐我正直無辜，敕封我驅邪斬鬼，往來人世為神，今夜故能前來與你相會。只是……我身陷鬼窟，變了舊時面貌，只恐驚唬了你。（小旦）吓，原來如此。我與他兄妹手足，就是鬼也該上前一認。哥哥在哪裡？（開門見介）阿呀，哥哥吓！（淨）阿呀，妹子。（合）手足情契闊經旬，鬼門關再得重生。（小旦）哥哥，你把別後事情說與妹子知道。（淨）妹子聽者：

【黃龍滾犯】俺當初自離門庭，俺當初自離門庭，到中途邪妖作病。一路裡寒熱淹，一路裡寒熱淹，誤陷入陰山鬼徑，改變我舊時容貌赴都京。因此上殿試把君王驚，將咱

5　底本作「白雪」，參酌文意乙正。

來點退功名，將咱來點退功名，後宰門捐軀殞[6]命。（小
旦）苦吓！哥哥遺骸是誰收拾？（淨）又蒙杜大郎將我屍骸殯葬。
我想，此人有生死大恩於我，況我當日在京時，已曾將你許配與
他，因此，我今晚回來，整備笙簫鼓樂，送你到杜家結成夫婦。一
則完你百年大事，二則了我生前夙願，妹子意下如何？（小旦）阿
呀，哥哥差矣！

【千秋歲】論婚姻，今古須媒證，聖賢書禮法須憑。裙布
釵荊，裙布釵荊，無媒苟合恐難遵命。（旦上）夜深沉，
誰相詢？小窗前，哀腸磬。小姐，敢是獨自嫌清靜？通霄
絮聒剔起殘燈。（旦見淨介）阿呀，好怕人吓！（小旦）梅香，
你不必驚惶，是我哥哥。為身陷鬼窟改變舊容，所以如此。（旦）
原來如此。（淨）妹子，他是何人？（小旦）這是杜家送來陪伴我
的。（淨笑介）哈哈哈！妹子，你方才說沒有媒人，吓，我如今就
將這位小娘子呵，

【撲燈蛾犯】權當個冰人繫赤繩，權當箇月老姻盟訂。權
當箇氤氳巧撮合，權當箇斧操柯秤。算不得屏開孔雀，算
不得御溝中紅葉往來來情。俺和他一朝契合，恁與他五百
年前石上結三生。（小旦）但憑哥哥便了。（淨）好，這便才
是！小鬼，與我整備羊車蹇驢，一路笙簫鼓樂，燈燭燦煌，送小姐
到杜老爺府中去。取我的吉服過來。（眾應，淨更衣介）小鬼，就
此起行。

　　（合）

【越恁好】車輪馬足，車輪馬足，匆匆的趕去程。舞旌旗

6　底本作「損」，參酌文意改。

掩映，燒絳燭，引紗燈。聽鸞凰和鳴，聽鸞凰和鳴。響龍笛，敲象板，畫鼓蕭笙。一聲聲美聽，一聲聲美聽。暖溶溶喜靄靄，百媚[7]自生。傘兒下驢兒上坐個豪雄，俊車兒中載個弱質娉婷。

（下，生便服上）

【上小樓犯】光皎皎月色明淨，悄悄人聲靜。我，杜平。兄弟五人蒙天子隆恩，衣錦還鄉。方才宴罷，各自歸第，今夜趁此溶溶月色，閑步中庭，有何不可。最喜的月色如銀、月色如銀，月光如水，月圓如鏡。（內吹打）呀，聽何處鼓樂盈？聽何處鼓樂盈？旌旗閃閃，燈光隱隱，一霎時馬嘶人震。

（眾上）

【紅繡鞋】車輪呀啞連聲，連聲；馬蹄蹀躞流星，流星。祥光駕，彩雲乘。香馥郁，氣氤氳。頃刻裡，到豪門。（淨）杜恩兄，請了。（生）你是何人？來到我家？（淨）我非鬼魅邪妖，乃進士鍾馗也。蒙兄生死大恩，無以為報。向在京師，曾將小妹締結絲蘿，至今未曾完聚，為此，今晚親送小妹到此。與兄陰陽間隔，難以聚首，後會有[8]期，就此去也。

【疊字犯】燦燦的鬼燈相映，閃閃的鬼旗現影。一隊隊大鬼猻，一行行小鬼狰。捧著平安頂著吉慶，嗚嗚的鬼弄蕭聲，嗚嗚的鬼弄蕭聲，挨挨擠擠鬼頭廝混。從今後除妖斬鬼永鎮後宰門。（下，生）好奇怪，一霎時笙簫鼓樂、車馬從人盡皆不見……呀，你是何人？來到這裡？（旦）妾乃老爺府中梅

7　底本作「倍」，參酌文意改。

8　底本作「有會」，參酌文意乙正。

香，向日差到鍾相公家伏侍小姐的。今夜黃昏時候，忽然鍾相公親自歸家，道小姐與老爺有姻緣之約，就命妾為媒，送小姐到此與老爺完姻。（生）是了！鍾相公生前正直，死後一定為神。天緣既在，豈敢有違。梅香，請小姐到香房安置，擇吉成親便了。（旦）曉得。

【尾聲】（小旦）絲蘿幸托終身訂，（旦）你百歲良緣從此成。（二旦下）（生）好奇怪……我明日請眾兄弟到來，說明此事，然後成親便了。正是：六禮何須萬兩金。（下）

按　語

〔一〕本齣出自張大復撰《天下樂》。

〔二〕原刊於寶仁堂第一階段乾隆二十九年《二編‧醉集》，乾隆三十六年《七編‧方集》又選刊，後未收入十二編。

躍鯉記‧北蘆林

旦：龐氏，姜詩之妻，遭婆婆趕出家門。

付：姜詩。

　　（旦）

【駐雲飛】步出郊西，噯！蘆林驚起雁鴻飛。一個兒飛將過去，一個兒落在那蘆林內。噤！奴為取蘆柴到這裡，我拾起這一枝，揀取那兩枝。（付內嗽響介）呀，遠觀一行人，好似奴的夫婿。他來得正好！我正要與姜郎辨是非，正要與姜郎辨是非。（下）

　　（付上）

【前腔】母病求醫，問卜求神到這裡。我慌忙行過了柳溪區，步入在蘆林內。噤！遠觀一婦人，他手抱蘆柴，（旦內）好苦呀！（付）呀，他哭哭啼啼短嘆長吁氣，好似不孝三娘龐氏妻。且住，我若是揵見了，被他纏住，反有許多嘮嘮叨叨咭咭哈哈講個不了，這便怎麼處？這便怎麼處？（想介）吓吓，有了！吘吘，吓吓，有了！我整冠前行作不知，我整冠前行作不知。

　　（旦上見介）吓，姜郎，你往哪裡來？（付）來的所在來。（旦）你往哪裡去？（付）去的所在去。（旦）何不上前相叫一聲？（付）我就做個揖。（旦）婆婆好嗎？（付）這是我的母親，誰要你問？（旦）雖是你的母親，也是我的婆婆。（付）吘，好。

（旦）安安好麼？（付）這是我的兒子，誰要你問？（旦）雖是你的兒子，也是奴家一點骨肉。（付）呀，好。

（旦）姜郎，為何婆婆趕了我出來？（付）婆婆道你有三不孝。（旦）哪三不孝？（付）一不孝，道你買了點兒肉兒，在鄰舍人家煮來吃。私置飲食，不把婆婆吃，可不是一不孝？（旦）吓，婆婆或者瞞過了，安安是我親生的兒子，怎瞞他？你如今回去，手持家法，拷打安安，吃不吃就知明白了。（付）吓吓吓，你自己吃了東西，倒叫我回去打兒子？這一發可笑！（旦）罷，說你不過，只得認了。（付）不怕你不認。

（旦）那二不孝呢？（付）那二不孝，你私置衣服，不把與婆婆穿衣，可不是二不孝？（旦）姜郎吓，那日趕我出門時節，我就隨身衣服出來的；若有好的，總在箱籠內，你回去打開來看明白了。（付）或者你寄在鄰舍人家去了，倒叫我哪裡去尋？（旦）說你不過，也只得認了。（付）不怕你不認。

（旦）那三不孝呢？（付）咍！若說起三不孝，你這婦人就該天雷打殺！（旦）卻是為何？（付）你每夜在後園中，高高架起三張桌兒，對天咒罵婆婆早死早滅，毢腹毢痢。（旦）吓，我且問你，那後園的牆有多少高？（付）吓，一，二，三……有六七尺高。（旦）三張桌兒架起來有多少高？（付）吓吓吓……有八九尺高。（旦）可又來！六七尺高牆倒架起八九尺的桌子，可不讓人看見了？（付）是婆婆親眼見的。（旦）既是婆婆親眼看見，當時何不扯下來，將奴家打死了？（付）婆婆年老之人，氣力不加，只得忍耐過了。（旦）也說你不過，只得認了。（付）不怕你不認。

（旦）可還有四不孝麼？（付）咦？咦？三不孝當不起，還有四不孝？（旦）可又來！（付）吓，我就還你四不孝。那日婆婆要

吃江水，你去了一日，水無一滴，連水桶多沒了，這不是四不孝？
（且）阿呀姜郎吓，你不說起汲水尤可，若說起汲水，你妻子死得
好不明白也！（付）卻是為何呢？（且）那日汲水，江中風又大，
浪又急，水桶被浪打去了。你妻子險遭一死，虧了一個白髮公公，
救了奴家的性命。（付）弗差！那白髮公公乞了自己的清水白米
飯，慣在江邊救人的。（且）你若不信，同去問來。（扯介，付）
噯噯噯，工夫各自忙。（且）姜郎，你……（且）你且暫住蘆林，
我一言告稟。（付）你且說來。

【黃龍滾】（且）自適君家，侍奉箕箒，並無差遲。（付）
既沒差池，婆婆為何趕了你出來？（且）為婆婆見逐，望姜
郎、望姜郎，相勸婆婆休將奴棄。那日，婆婆趕奴家出
門，奴在街坊上行走，兩旁上人說道：這是姜秀才的妻
子，安安的母親，為何哭哭啼啼而來？你妻子聽得此言
呵，我只得含羞忍恥。念奴家上無親來下無依[1]，（付）你
回到娘家去吧。（且）待回歸，我記得當初遣嫁之時，爹爹
敬奴一杯酒，母親執著手，說道：兒吓，勸兒飲盡杯中
酒。他就囑咐言詞三兩聲。一來要孝順公婆，二來要敬重
丈夫，（付）三來呢？（且）三來妯娌要調和。想當初、想
當初滿頭珠翠身穿羅綺；到如今、到如今身穿著撲簌簌藍
縷衣。（付）還是回到娘家去的好。（且）待回歸，有何顏面
再見江東父老兄妹？（付）你不知我姜氏門楣，我寧守清
貧，怎忘節義？（且）姜郎，帶了奴家回去。（付）我若是

1　底本作「你」，參酌文意改。

私[2]妻背母，被旁人、被旁人談論我姜詩阿呀忤逆。我和你今日倒有個比方。（旦）什麼比方？（付）那夫婦好好比做蘆林鳥，大限來時、大限來時和你各自飛。（旦）你好分緣虧！（付）咦，說什麼分緣虧，還是你不度已。（旦）好苦吓！（付）姆！漫勞你長吁短嘆，是妻阿呀無義。（旦）傷悲，叫奴家倚靠著誰？方知婦人家的身體，苦樂有百般情喃義。不記得公冶長雖在縲綫之中，實非其罪。咳，姜郎、姜郎，你好執性痴迷。（付）我非痴，此乃是母親嚴命，敢違尊旨？我且問你，你一向在哪裡？（旦）在鄰母家中。（付）阿呀，我想那鄰母，一十七歲守寡到今。怎靠著鄰母孤單得家中一世？（旦）吓，姜郎，不記得一夜做夫妻，（付）唗唗！唗唗！老面皮，羞答答，說說說、說什麼一夜做夫妻。（旦）我和你百樣恩情美，夜半無人私語時，枕邊言君須記取，君須記取。（付）我乃是男子漢，人倫重，孝義堅[3]，決不從你妻兒情喃義。（旦）君莫負山盟，妾難忘海誓。望姜郎相勸婆婆，帶我歸家裡，取我歸家裡。（付）不須拜跪，不須拜跪，休恁痴。不記得當年朱買臣，哪！馬前潑水難收起。

　　（旦）咳！

【哭相思】夫妻好似鹽落井，（付）中道分開休淚垂。（旦）姜郎，你帶了奴家回去。（付）我不帶。（旦）果然不帶？

2　底本作「思」，據《風月錦囊》的《摘匯奇妙戲式全家錦囊姜詩》（《善本戲曲叢刊》第四輯景印）改。

3　底本作「緊」，參酌文意改。

（付）果然不帶！（旦）真個不帶？（付）噯，不帶、不帶了！只管有這許多嚕囌。（旦）咳，罷！和你各自歸家作道理。（下）（付）且住，我想這婦人，獨自一個在蘆林中做甚勾當？姆？有些不正路吓，不正路吓……待我喚他轉來，盤問他一番，便知明白了。吓，龐氏轉來。（旦內）不轉來了。（付）我帶你回去。（旦）吓，來了。（上）聽得姜郎叫，使我心歡喜。莫不是婆回心、郎意轉。姜郎帶奴歸家裡，必竟取奴歸家裡。吓，姜郎，我去了為何又喚我轉來？（付）我喚你轉來，非為別事。我且問你，你獨自一個在蘆林中做甚勾當？（旦）吓，奴家績麻捻苧，買得一尾江魚，要煮一碗羹湯送與婆婆吃。（付）婆婆哪個要吃你的什麼魚湯？扯淡！（旦）婆婆雖然不吃，也是奴家一番孝心。（付）好個孝心。我且問你，你這蘆柴是哪裡來的？（旦）是奴家拾的。（付）未必吓，只怕是牧童砍來的。（旦）牧童砍的是整的，奴家拾的是亂的；你若不信，現有血痕在上。（付）我不信有血痕在上。（旦）不信麼？你去來看。（付）噯，走開。咳，不賢之婦吓。（看介）呀，果然有血痕在上。阿呀娘吓，你哈錯怪子人哉。阿呀我那妻吓！（旦）阿呀姜郎吓！（付）直頭屈殺子你哉！（旦）姜郎，你如今帶了奴家回去罷。（付）這是母親之命，怎敢有違。吓，這便怎麼處？也罷！阿呀妻呀，我如今與你三條門路去罷。（旦）哪三條？（付）第一條門路……妻吓，你回到娘家去罷。（旦）阿呀姜郎吓，自古好馬不吃回頭草，我是斷斷不回去的！（付）好個，也難得。（旦）那第二條門路呢？（付）第二條門路……妻呀，你再去嫁子一個人罷。（旦）阿呀官人吓，我和你一夫一婦，一鞍一馬，誓不再嫁的嘘。（付）好個，也難得。（旦）第三條門路呢？（付）吓吓吓，是個個第三條門路吓……

（旦）便怎麼？（付）口軟搭搭，有點說弗出。（旦）吓，姜郎，那第三條門路便怎麼？（付）吓，是個個第三條門路……（旦）便怎麼？（付）是個個第三條門路吓……（旦）吓？（付）阿呀妻吓！（旦）姜郎。（付）我事到其間，也弗得弗說哉。（旦）就說何妨。（付）阿呀妻吓，你投河只消三尺水，懸樑高掛一條繩，你去尋子一個自盡吧！（哭介，旦）阿呀姜郎吓，奴家自盡罷。（哭介，旦）阿呀姜郎吓，奴家久有此心，只是，我有三撇不下。（付）哪三撇不下？（旦）一撇不下，婆婆年老無人侍奉。（付）唔，唔。二撇不下呢？（旦）安安幼小，無人照管。（付）我好心疼吓！阿唷，阿唷！那三撇不下呢？（旦）我死之後，官人娶一個賢慧的還好，若娶了一個不賢慧的，把我七歲安安，朝一頓，暮一頓，哪裡當得起！阿呀安安，我的親兒吓，做娘的今日望空叫你幾聲，永無見你之面了吓。（付）阿唷，阿唷，我好心疼！（旦）阿呀官人吓，你回去千萬不要打我的安安。（付、旦抱住大哭介，付）痛殺嬌妻，止不住、止不住汪汪兩淚垂。母親聽信讒言語，使我相拋棄。嗟！提起好傷悲，提起好傷悲，淚雙垂。好一似渾濁不分一個鱷共鯉，水清方見魚，水清方見魚。

【哭相思】姜郎緣何不認妻？（付）母親嚴命怎生違？（旦）若還勸得婆心轉……（付）我即著安安來接你！（付、旦哭介）吓，阿呀妻吓。（旦）阿呀官人吓。（下）

　　（付）咳，個樣一個孝順媳婦趕出在外。我如今回去，雙膝跪在母親跟前，若勸得母親回心轉意[4]，我就著安安前去接了他回來。若是勸弗轉沒哪處？（想介）我也這得罷哉。（下）

4　底本作「意轉」，參酌文意乙正。

按　語

〔一〕本齣情節以及部分曲文接近《風月錦囊》收錄的《摘匯奇妙戲式全家錦囊姜詩》第四段。

〔二〕原刊於寶仁堂第一階段乾隆二十九年《二編‧醉集》，乾隆三十六年《七編‧萬集》又選刊，後未收入十二編。

〔三〕選刊類似情節的坊刻戲曲選本有：《風月錦囊》、《大明天下春》、《樂府萬象新》、《樂府玉樹英》、《樂府菁華》、《摘錦奇音》、《萬曲合選》、《時調青崑》、《醉怡情》、《方來館合選古今傳奇萬錦清音》、《怡春錦》、聞正堂刊《綴白裘全集》、《群音類選》、石渠閣主人輯《綴白裘全集》等。

雜齣・拾金

丑：范滔，乞丐。

　　（丑上）阿呀，我花子好命苦吓！

【四邊靜】戴一頂沒愣的毡帽，穿一領千零百碎的破襖。我手提著竹梢，腳下麻鞋俏。向街頭哀哀求告，討得些剩酒殘餚。到晚來樂滔滔，醉眠在古[1]廟。

　　一年三百六十日，春夏秋冬各九十。冬寒夏熱最難當，寒則如刀熱如炙。小子姓范名滔，號叫十方。我提著籃、掛著袋，唱茶歌兒三叉路口；空著手、赤著腳打〈蓮花落〉十字街頭。春夏秋清風明月為朋；冬臘月四大金剛作友。我上不欠官糧，下不少私債，並無妻子牽纏，又沒有兒女縈絆。哈哈哈，算來好不逍遙自在！只因這幾日風雪交加，不曾出門，我想，行動行動自有三分財氣，痴呆坐著飢冷難當，不免向市上去走走，有何不可？說得有理！阿呀，我出得門來，好一派雪景也！

【道和】佈彤雲四郊，佈彤雲四郊，白茫茫柳絮兒飄。阿呀！霎時間玉砌樓臺銀鋪殿閣，錦乾坤玉容花貌。噯，只怕俺來時認不出歸家道，只落得剪鵝毛把梅稍壓倒。

　　（跌介）咳，什麼行子，把我絆上這麼一跤？咘！這是一錠金子吓！咳，料我這樣人，哪有這樣的大福氣、大造化？只怕是銅

---

[1]　底本作「枯」，據《納書楹曲譜》（《善本戲曲叢刊》第六輯景印）改。

吓。且住，我聽見人說，那金子是甜的，銅是苦的，我左右閑在這裡，待我取它起來嚐它這麼一嚐，有何不可。咮！是甜的，甜的……

【耍孩兒】我搖頭拍手呵呵笑，搖頭拍手呵呵笑。雪裡埋金沒個根苗，想我這窮人也有個時來到。嗷，你道我喜歡你麼？我著實的有些惱著你哩！那有錢的財主，你就終日的隨著他；那沒有錢的，要見你的面也不能彀。我把你這忘恩負義之徒、趨炎附勢之輩！嚷嚷嚷，咮，那親戚為你就傷和氣；朋友為你絕了交；那夫妻們為你在家庭鬧；弟兄們為你把家私分了；小人們為你就犯法的違條。

嗷，可是麼？我說的不錯麼？混賬王子，驢子合的，你還瞪著眼瞧著我怎麼？狗攮的，哈哈哈！又來了，自古道：「貧人遇寶」，應該感念它纔是，怎麼反去埋怨它起來？是我的不是了，賠它一個禮兒罷。阿呀，我的金大哥、金老爺，請起罷……咮！好東西吓！

【前腔】[2]世間人敬的是錢，陰司鬼愛的是寶，通神交道只要錢和鈔。站著！我如今有了這錠金子，難道還去討飯麼？不討飯了！我從今不把那蛇來弄，再不向十字街頭去臥草茅，再不向大家小戶把門來靠。打、打破了黃沙瓦罐，扯、扯碎了布袋茄瓢。

阿唷，什麼行子把我咬上這麼一口？好個大蝨子！我對你說，我如今有了金子，是個大財主了，你還要咬我麼？不許你咬我了！吓，造化你，放了生罷。

2　底本牌名脫，據《納書楹曲譜》補。

　　站著！我如今有了這錠金子，還穿著這件破衣服不成？有了金子還怕什麼？我頭上換起，換到腳下，兜底兒的換著。我明日先到弔橋塊下，買他一疋靳陽葛布兒；皮貨舖裡，買他一個羔兒皮的統子，做他一件冬暖夏涼的皮襖子兒穿穿，有何不可。吓，

　　【換頭】**我就頭戴巾、腰繫絲，粉底靴兒腳登著。逢時遇節多歡樂，向那茶坊酒肆去尋朋友，向人前擺擺搖搖。**阿唷嚕，這麼一倘子搖、一倘子擺，可不把身子多擺散了麼？有了金子，還怕什麼先買馬後買轎！**我就騎著馬兒又抬著轎，站著！**我有了轎，難道自己抬？有了馬，自己扯了不成？有了金子還怕什麼！**買他娘幾個稍長大漢，一個兒拿著帽盒，一個兒挾著氈包。**

　　阿唷嚕，一會子兒為何就頭暈發熱起來？吓，是了！我記得那年，在東岳廟裡拾了八分銀子，整整的害了他娘半年的病；我如今拾了這錠金子，只怕要死哩！想我這樣人，也不是個耽財的鬼兒，拿去花掉了罷。做什麼子呢？賭罷……不好，時運不濟。吃罷……也吃不了這些。做什麼子好？嫖罷，嫖罷！咻！說起那個嫖來，好不有趣！住在那個婊子家裡，吃了睡、睡了吃，猜拳行令，吃到那高興之際，我說：「賢姑們，請教你唱個曲子我聽聽。」他說：「是了。」就取出那琵琶、絃子來，這麼哝哝嗬嗬唱起來了。唱完了說：「相公，也請教這麼一隻。」難道我就打起〈蓮花落〉來不成？（笑介）把人多笑死了。不好！須要會唱曲子、會串戲纔成個大老官、大嫖客。我記得幼年間，學了一肚子的雜板令兒，今日不免理他這麼理兒，有何不可。我第一齣先串那〈蔡伯喈辭朝〉，來了吓！

　　【弋陽調】**月暗星昏，一舉成名天下聞。昨日裡傳書信，**

今日裡、今日裡請俺入了鴻門。換了，換了〈趙五娘行路〉了。正是在家不算貧，哪知我在途路上受苦辛？正是上山擒虎易，果然是開口告人難。天阿！只落得、只落得趙五娘暗裡思忖。又換了，又換了〈金盆撈月〉了。他那裡聲聲叫道，多是賣花聲。又換了，換了〈潘葛思妻〉了。阿呀兒吓，自[3]從你家娘親亡後，那席前果品般般有。滾熱的西瓜，冰冷的潮糕，棗兒栗子核桃，一堆羅子葡萄，這麼樣的東西、那麼樣的東西，叫你家老子如何、如何食嚥得了？又換了，換了〈劉漢卿投水〉了。阿呀廷珍我的兒吓，你拿了這隻烏辣帶回家去，多多拜上你家贓娘。說你的爹爹徐州販貨折本回來，被你奶奶打罵，受氣不過一心要去投江。傷也麼悲，悲也麼傷，偷彈珠淚垂。咳，冷靜得很，串一齣熱鬧些的纔好。吓，有了！〈胡敬德釣魚〉罷。我來了！鬧垓垓擊鼓鳴鑼，鬧垓垓擊鼓鳴鑼，亂紛紛車馳馬促。聽一派人馬喧呼，望一帶五色旗麾，好教俺心下難猜破。阿呀，他若是來時，俺這裡忙把青箬笠兒戴著，綠簑衣兒穿著，忙把船兒撐，向蘆花深處且藏躲，向蘆花深處且藏躲。完了。金子拾到了，戲也串完了，回去撒開。且住，串了半日的戲，沒有串一齣風流的。吓吓吓，再串一齣〈楊貴妃醉酒〉，騷他娘這麼一騷，有何不可。來了！去也去也，唐明王、唐明王把奴拋撒，如此好良宵，怎捱淒涼夜？只落得、只落得冷清清獨自一個回宮去也。列位，獻醜，獻醜。（下）

3　底本作「是」，據《納書楹曲譜》改。

按　語

〔一〕目錄頁題《摘錦‧拾金》，正文與版心題《雜齣‧拾金》。原刊於寶仁堂第一階段乾隆二十九年《二編‧月集》，乾隆三十六年《七編‧慶集》又選刊，後未收入十二編。

〔二〕選抄此齣的散齣鈔本有中國社科院圖書館藏《集錦》。

寶劍記‧夜奔

生：林冲，禁軍教頭。

（生緞馬衣、掛劍上。）

【點絳唇】數盡更籌，聽殘銀漏。逃秦寇，好、好教俺有國難投，哪答兒相求救？

欲送登高千里目，愁雲低鎖衡陽路。魚書不至雁無憑，幾番欲作〈悲秋賦〉。回首西山日已斜，天涯孤客真難度。丈夫有淚不輕彈，只因未到傷心處。

俺，林……（住口，看兩傍介）。俺，林冲。一時怒忿，將此劍殺了高家奸細二賊，幸喜得黑夜無人知覺，俺就密投柴大官人莊上。又蒙他憐俺孤苦，修書一封，荐往梁山逃命。俺日間不敢行走，只得夜奔梁山。來此已是濟州地界，呀，恰纔風清月開，霎時霧暗[1]雲迷，況且山路崎嶇，高低莫辨，教俺怎生行走？呀，你看前面黑洞洞，想是人家莊子，我且上前去看來。（走介）

呀，我只道是人家莊子，卻原來是一所古廟。月光之下，照見匾額「白雲庵」三字。且喜廟門半開，不免挨身而進。

阿，卻原來是伽藍神哩。神聖吓神聖，保佑俺弟子林……（又住口，出看兩傍，復進介），我且把廟門閉上。神聖吓神聖，保佑

---

[1] 底本作「暗霧」，據明嘉靖《新編林冲寶劍記》（《古本戲曲叢刊》初集景印）乙正。

俺弟子林沖早上梁山，離脫此難；那時，重修廟宇，再塑金身。
（作伸腰介）呀，一時神思睏倦起來，不免就在神案前打睡片時則
個。正是：一覺放開心地穩，夢魂先已到陽台。

　　（睏介，內）林將軍，抬起頭來，聽俺吩咐。今有金鎗手徐
寧，帶領官兵追至黃河渡口，捉拿你甚是緊急。此時不走，更待何
時？快些起來！逃命去罷。（生驚醒介）呀，唬死我也，唬死我
也！恰才合眼，分明夢見神聖囑咐之言，今有金鎗手徐寧，帶領官
兵追至黃河渡口。我想此時不走，更待何時？不免拜辭神聖[2]，開
了廟門，洒開大步，須索走遭也。

　　（繞場走介）

【新水令】按龍泉血淚灑征袍，恨天涯一身流落。專心投
水滸，回首望天朝。我急急走忙跑，百忙裡顧不得忠和
孝。

【駐馬聽】良夜迢迢，良夜迢迢，投宿休將門戶敲。遙瞻
殘月，暗渡重關，我急急走荒郊。只我這身輕不憚路途
遙，心忙阿呀又恐怕人驚覺。唬、唬得俺魄散魂消，只恐
紅塵中誤了咱武陵年少。

　　（走介）想俺林沖當日呵：

【折桂令】俺指望封侯萬里班超，生逼做叛國紅巾，今做
了背主黃巢。恰便似脫扣蒼鷹，離籠狡兔，摘網騰蛟。救
急難誰誅正卯，掌刑罰難得皋陶。只我這鬢髮蕭蕭，行李
蕭條。我此一去，博得個斗轉天回，高偦吓高偦，管教恁海
沸山搖。

2　底本作「聖神」，參考上、下文乙正。

【雁兒落】望家鄉去路遙，望家鄉去路遙，想母親將誰靠？俺這裡吉凶未可知，他、他那裡生死也難料。

【得勝令】呀！唬得俺汗津津身上似湯澆，急煎煎心內似油熬。幼妻室今何在？老萱堂恐喪了。劬勞，父母恩難報。悲號，咳！嘆英雄氣怎消，嘆英雄氣怎消？

【沽美酒】懷揣著雪刃刀，懷揣著雪刃刀，行一步哭號咷。急急走羊腸去路遙，天吓！怎能彀明星下照。昏慘慘雲迷霧[3]罩，疏辣辣風吹葉落，振山林聲聲虎嘯，遠溪[4]澗哀哀猿叫。俺呵！唬得俺魂飄，膽消，似龍駒奔巢道，阿呀吓百忙裡走不出山前古道。

（走介，繞場轉介）

【收江南】呀，又只見烏鴉陣陣起松稍，數聲殘角斷漁樵。忙投村店伴寂寥，想親闈夢杳，想親闈夢杳，這的是空隨風雨度良宵。

（繞場走介）

【尾聲】一宵兒奔走荒郊，窮性命掙出一條，到梁山請得個兵來到，誓把奸雄掃。呀，前面已近梁山了！阿呀，哈哈哈……（大笑介，忽掩口，半驚看場，下）

3　底本作「露」，據明嘉靖《新編林冲寶劍記》改。
4　底本作「淇」，據明嘉靖《新編林冲寶劍記》改。

按　語

〔一〕本齣出自李開先撰《寶劍記》第三十七齣。

〔二〕原刊於寶仁堂第一階段乾隆二十九年《二編‧月集》，乾隆三十六年《七編‧同集》又選刊，後未收入十二編。

〔三〕明萬曆前、中期的坊刻散齣選本選收《寶劍記》散齣者，未見選〈夜奔〉，萬曆後期開始，凡選《寶劍記》者必選〈夜奔〉。依次有：《新鐫樂府時尚千家錦》、《萬壑清音》、《怡春錦》、《來鳳館合選古今傳奇》、廣平堂刊《崑弋雅調》、《萬家合錦》、石渠閣主人輯《綴白裘全集》、《續綴白裘》。後二書重覆選刊。

慈悲願・撇子

小生：龍王。

旦：殷氏，陳光蕊之妻，玄奘法師之母。

淨：劉洪，水賊。

（雜扮蝦兵、蟹將，引小生扮龍王上）

【點絳唇】巡海無休，腳跟光溜，波濤吼。職掌難抽，又道出沉冤剖。

　　笑入塵寰醉碧桃，涇陽宮殿冷鮫綃。不因子產行仁政，難免公廚銀縷刀。吾乃南海小龍。為赴分龍宴，飲酒大醉，化做一尾金色鯉魚，臥于沙灘之上，被漁人獲之，賣與百花店。幸得陳光蕊買而放之於江，此恩未嘗得報。不想，此人被水賊劉洪推在水中，又有觀音法旨，令某等水神隨所守護，被小神救入水晶宮殿，待十八年後復著他父子、夫妻團圓。漁翁市上買[1]金鱗，放我全身入海津[2]。其子劍誅無義賊，我將金贈有恩人。（同眾下）

　　（旦上）結髮夫妻不到頭，只因賊漢使機謀。褓褓孩兒存不住，誰與兒夫來報仇？妾身殷氏，乃陳光蕊之妻。自從被賊徒害了兒夫的性命，我今分娩，生得一個孩兒，今朝是他滿月之期。可恨

---

[1]　底本作「賣」，參酌文意改。

[2]　底本作「濱」，據《楊東來先生批評西游記》（《古本戲曲叢刊》初集景印）改。

賊徒逼凌我，叫將孩兒拋入江中，若不依從，連我也要殺害。只是我死何足惜，卻教誰人來與我兒夫報此冤仇？只索要依著他。阿呀我那親兒吓！非是我做娘的如此狠心，把你來拋撇，我也是出於無奈嚄！（哭介）

【粉蝶兒】滿腹離愁，訴蒼天不能搭救。俺一家兒與你有甚冤仇？淹殺俺的兒夫，逼凌他媳婦，又待要廢他的親生骨肉。那賊漢劣心腸似火上添油，待不依從呵，恐他反生歹鬥。來此已是江邊了。阿呀我那丈夫吓，作妻子的沒有甚麼來祭奠你，只有這一杯水酒，和這一陌紙錢，以表夫妻之情了嚄！

【醉東風】[3]燒一陌斷腸錢，酹三盃離恨酒。漫漫雪浪大江中，陳光蕊吓，怎魂靈兒來受否？有一個大梳匣在此，將孩兒安放在內，再將兩、三根木頭兒做個筏子縛著，可以浮遊過去了。將孩子兒安藏，水波邊拋棄，怎在那浪花中等候。（內做小兒啼哭介）聽孩兒啼哭之聲，想已睡醒了。待我去抱他出來，再餵他乳食，好盛在匣兒內。（做抱孩子出介）吓，兒吓，可是你睡醒了麼？（做餵乳介）

【迎仙客】心肝肉渾似摘，淚辛個難收，俺將這乳食兒再三再三滴入口。若流過蓼花灘，蘆葉汀洲，休著他便擋住石頭，只願得漁父們便爭相救。我有金釵兩股，今縛在孩兒身上，留一個記色便了。阿呀，長江大海龍神聖眾，可憐這孤子呵：

【石榴花】願龍神保佑莫遲留，著魚鼈等莫追求。到瓜洲渡口有人親救，對天禱告還生受，保護得他速見東流。金釵兩股牢拴就，抵多少騎鶴上揚州。

3　這支是北中呂宮【醉春風】，底本不確。

【鬥鵪鶉】恁娘那裡望眼將穿，俺兒夫魂靈兒哎尚有。只願得恁性命完全，精神、精神的便抖擻。恰便似紅葉飄香出御⁴溝，淹淹的便伴⁵野鷗。俺孩兒身向⁶低行，誰肯道恩從上流？吓，我將衫兒扯下一幅來，咬破指尖，寫著孩兒的生月年紀，望仁者憐而救之。（咬指介）阿唷唷唷……

【上小樓】咬破我這尖尖指頭，一任介淋漓血流。抽一幅白練，寫兩行紅字，赴萬頃清波。將那匣縫兒塞，匣蓋兒縛，包袱兒緊扣，我須要緊關防的來水屑不漏。（轉身向內，看匣，復哭介）

【么篇】雖然是木漆匣，看承似竹葉舟。只願恁穩穩當當，渺渺茫茫，蕩蕩悠悠。願天地助，祖宗扶，神明相佑；誰敢望賽篯陳的百年長壽？

（淨內）喲！你這婦人，還不快快的把這孩子撇在江中麼？（旦驚呆聽，哭介）（雜扮夜叉、蝦兵、蟹將，引小生龍王上）

（旦）

【十二時】⁷他那裡喳喳的叫吼，他那裡喳喳的叫吼，俺這裡急急的抽頭。將匣子兒輕抬在手，近著這沙岸汀洲。哭聲哀哀猿聞斷腸，匣影兒遇見應愁。（眾繞場轉介）（內小兒哭介）

（旦）

4　底本作「玉」，據《楊東來先生批評西游記》改。
5　底本作「畊」，據《楊東來先生批評西游記》改。
6　底本作「尚」，據《楊東來先生批評西游記》改。
7　這支是北中呂宮【十二月】，底本不確。

【堯民序】[8]兒呵，趁著這一江春水向東流，離了這上源頭只願恁個下場流。蒹葭寒水泛輕鷗，恰便似楊柳西風送行舟。（淨內）吶！你這婦人，怎麼還不把這孩子速速的拋在江中去麼？（且大哭介）咳！阿呀奸賊吓，休只管逼也麼逐！別離幾樣愁，如摘下了心肝肉。（且將匣痛哭撇下介，小生、眾接匣，繞場轉下）阿呀，我那親兒吓！（哭介）

【煞尾】破弓鞋便轉身，回眼處再瞬眸。將一個鎖離愁[9]的匣子兒牢拴，候望著那流水斜陽路兒上走。

　　吓，阿呀，我那親兒吓⋯⋯（哭下）

按　語

〔一〕本齣出自《唐三藏西天取經》雜劇第一本第二齣〈逼母棄兒〉。

〔二〕原刊於寶仁堂第一階段乾隆二十九年《二編‧月集》，乾隆三十六年《八編‧千集》又選刊，後未收入十二編。

8　這支是北中呂宮【堯民歌】，底本不確。

9　底本「愁」字脫，據《楊東來先生批評西游記》補。